KB042919

하이베른가의 대공자

하이베른가의 대공자 **5**

초판 1쇄 인쇄일 2023년 10월 10일 | **초판 1쇄 발행일** 2023년 10월 16일

지은이 청루연 | **펴낸이** 곽동현 | **담당편집 팀장** 이범수
편집부 정요한 김승건

펴낸곳 (주)조은세상 | **출판등록** 제2002-23호
주소 서울특별시 동작구 동작대로1길 27 5층
TEL 02)587-2966 | FAX 02)587-2922
E-mail bukdu@comics21c.co.kr

청루연ⓒ2023
ISBN 979-11-391-2442-2 | ISBN 979-11-391-1964-0(set)
값 9,000원

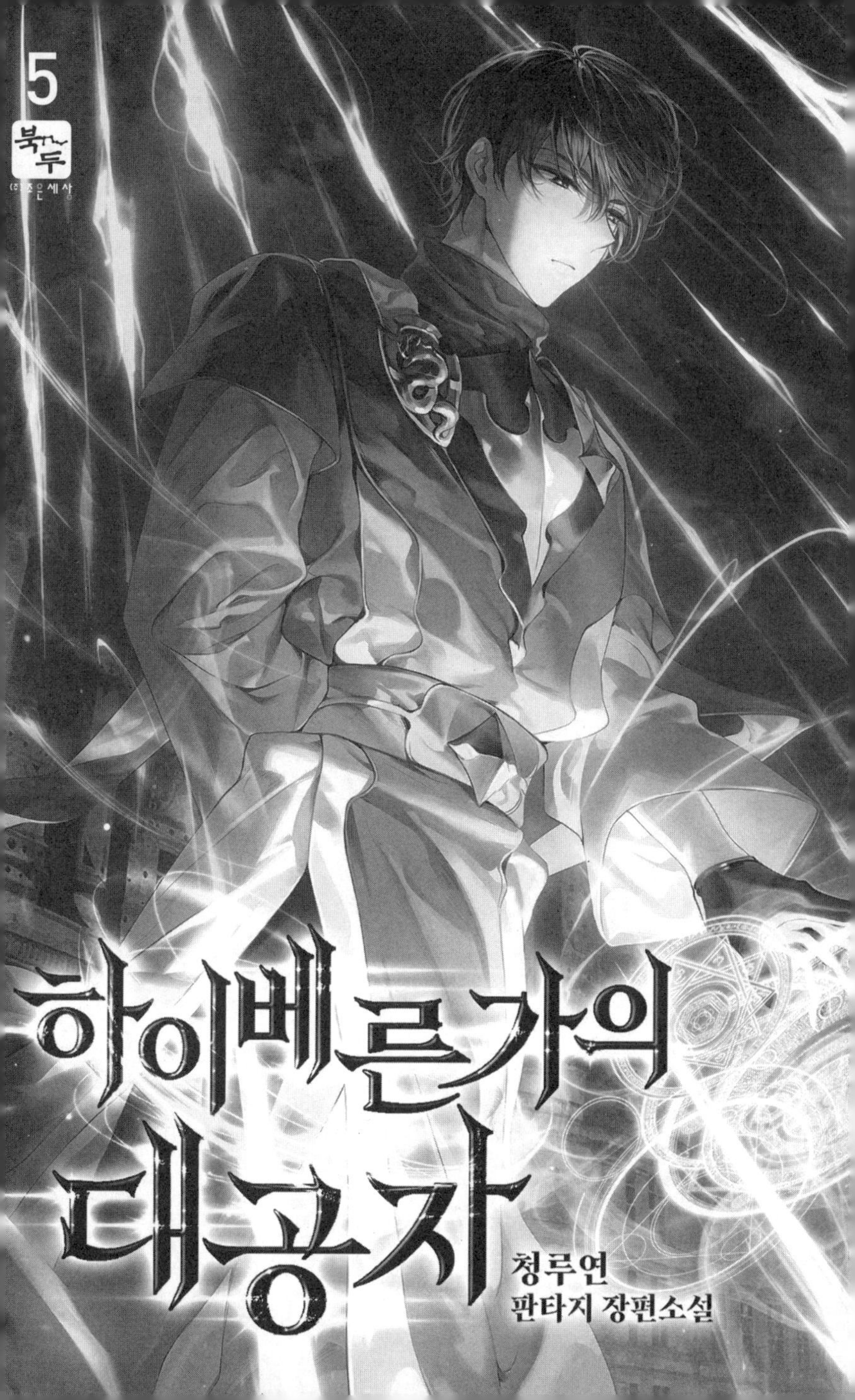
5
북두
(주)좋은세상
하이베르가의
대공자
청루연
판타지 장편소설

청루연 판타지 장편소설

FANTASY STORY

CONTENTS

Chapter. 30

루인의 마나 서클, 오드를 처음 본 다프네는 루인이 드래곤이 아니라는 걸 직감적으로 알아챘다.

세계를 관장하는 드래곤 종족은 신들에게 부여받은 축복받은 마도 기관, 드래곤 하트(Dragon Heart)를 목숨보다 중요하게 여겼다.

다프네 역시 그런 드래곤 하트를 직접보진 못했지만…….

'틀려…….'

유희 동반자, 유겔라.

드래곤을 연구하는 데 평생을 바쳐 온 악스타온 학파의 위대한 선구자.

그가 남긴 하나뿐인 마도 비서(祕書) '유겔라의 서'에 묘사된 드래곤 하트의 모습이 아니었던 것이다.

물론 그가 묘사한 드래곤 하트의 형태를 완전히 믿을 수는 없었다.

그러나 확증을 추구하는 마도학의 특성상 그 묘사가 아예 엉터리는 아닐 터.

문제는 루인의 마나 서클이 그런 드래곤 하트와 비슷하기는커녕 완전히 다른 형태라는 것이었다.

"무슨 뜻으로 하는 말이지 다프네? 루인이…… 인간이 아니란 뜻인가?"

시론의 질문에 생도들의 시선이 모두 다프네에게 향했다.

사실 헤데이안 학부장이 워낙 동요하는 와중이라 내색하지 못했을 뿐, 루인의 마나 서클에 큰 충격을 받은 건 생도들도 마찬가지.

"그건……."

다프네는 더 이상 자신의 속내를 숨기는 게 무의미하다고 판단했다.

결국 그녀는 마탑이 루인을 드래곤이라고 의심하고 있는 상황, 그리고 자신이 마법학부에 몸담은 진정한 이유에 대해서 모두 설명하기에 이르렀다.

"드, 드래곤으로 의심을 했다고?"

시론이 루인을 쳐다본다.

지금까지 녀석의 모든 것이 드래곤의 유희라니?

이제 시론은 느끼고 있었다.

저 차갑고 무감한 표정으로 감추고 있는 녀석의 진정한 마음을.

그런 녀석의 뜨거움이 한낱 드래곤의 유희에 불과하다니.

-제게 저들은 의심의 대상이 아닙니다.

녀석은 마법사로서의 최대 약점을 드러내면서도 믿음을 말하는 데 주저함이 없었다.

열성적으로 신의의 맹세를 외치던 지금까지의 친구들과는 결부터가 다르다.

단 한마디에 불과했지만 녀석의 그 말을 듣는 순간 심장이 두근거렸다.

이내 그는 피식 웃어 버렸다.

"그럴 리가 없잖아, 다프네."

다프네 역시 고개를 끄덕이고 있었다.

마나 하트 문제는 접어 두고서라도 그가 마음을 쓰는 방식, 갈등을 해결하는 모습 등은 한없이 인간에 가까웠다.

무엇보다 지금 이 모든 추억들이 그의 유희에 불과하다면 너무 서글플 것 같았다.

〈 약속한다면 모두 드러내 주지. 〉

실험실에 잔잔히 울려 퍼지던 루인의 목소리.

리리아 역시 그의 그 말에 이토록 엄청난 비밀들이 존재할 줄은 꿈에도 몰랐다.

가만 생각을 해 보니 지금까지 루인이 뱉은 말 중에 지켜지지 않은 건 하나도 없었다.

그는 언제나 확언(確言)하고 그 말을 지켰다.

자신에게 잘 보이기 위해 거짓을 말하고 술수를 부리는 사람들에게 둘러싸여 살아온 리리아.

이런 유형의 사람은 그녀로서도 처음 겪는 것이었다.

"또 뭐가 남았어?"

어느덧 루인에게 다가간 세베론이 울상을 짓고 있었다.

"우릴 더 놀래킬 게 남아 있으면 미리 지금 다 보여 줘! 이러다 오래 못 살겠다고!"

"동감이에요. 아까 전엔 정말 심장이 두근거려서 수명이 단축되는 기분이었다고요."

워메이지의 무투술과 헤이로도스의 마법.

설명할 수 없는 아공간, 게다가 이런 터무니없는 마나 서클.

거기에 엄청날 것으로 예상되는 미지의 신분까지.

하나하나씩만 따져도 마법학부가 들썩거릴 만한 역량이

연속으로 드러나고 있으니 정신을 차릴 수 없을 정도다.

"루이즈."

루인은 그런 생도들의 호들갑을 무시하며 루이즈를 불렀다.

〈응, 왜? 아니…… 무슨 일이에요?〉

처음엔 루인을 편하게 대하더니 점점 더 존댓말의 횟수가
잦아지는 루이즈.

"정신 방벽의 완성은 술식으로 접근할 수 있는 게 아니다
루이즈."

루이즈는 속내를 들킨 사람처럼 놀란 표정을 짓더니 이내
두 눈에 두려운 빛을 머금었다.

**〈……저번에 루인 님이 보여 주셨던 '변형 슬립 마법'과 방
금 그 헤이로도스의 술식을 한 번 섞어 본 것뿐이에요.〉**

"발상은 나쁘지 않아. 스스로 기면 상태가 되어 방어할 생
각을 하다니. 하지만 그런 가수면 상태를 과연 정신 방벽이라
말할 수 있을까?"

〈아…….〉

"정신 침범이든 기면 상태든 적의 공격에 취약해지는 건 똑같다. 그런 건 대안이 아니지."

〈그럼 절 어떻게 보호할 수 있죠?〉

루인이 웃었다.

"멘탈리티는 언제나 깨달음이 관건이지. 정신을 마법으로 해석하려 들지 마. 오히려 조급하게 굴수록 더욱 복잡해지는 게 정신의 문제다."

모두가 루이즈를 멍하니 쳐다본다.

스스로에게 슬립 마법을 걸어 기면 상태를 유도하고.

그런 가수면 상태로 정신 방벽과 비슷한 효과를 누리려는 루이즈의 발상이 놀랍기 짝이 없었다.

더구나 그 말은 루인의 변형 슬립 마법과 헤이로도스의 술식을 어느 정도 이해했다는 뜻.

무엇보다 이런 혼란스러운 와중에도 자신의 약점을 극복하기 위해 노력하는 그녀의 집념이란……

물론 그런 루이즈의 상태를 정확히 캐치하고서 곧바로 조언을 해 주는 루인 역시 사람처럼 느껴지지 않았다.

이 짧은 순간에도 발전하고 있는 루이즈를 바라보며 시론은 그저 루인을 향한 감탄만 늘어놓고 있는 자신이 한심하게 느껴졌다.

다프네 역시 비슷한 기분을 느낀 듯 한숨을 내쉬었다.

"하아…… 스스로에게 이런 한심한 기분을 느낀 게 얼마만인지 모르겠네요."

마법사에게 있어 자학이란 자만보다 더욱 부정적인 감정선.

오히려 자학보다는 약간은 스스로에게 도취되어 있는 편이 상위의 경지에 오를 확률이 더 높다.

그 점을 잘 아는 루인이 다프네의 감정을 경계했다.

"날 기준으로 삼는 건 멍청한 짓이다. 마도가 길(道)이라 불리는 것은 각자 걸어갈 방향이 다르기 때문이야."

루인이 모두를 향해 말했다.

"내 방식을 관찰하는 건 굳이 막진 않겠다. 하지만 너희들은 이미 각자 다른 길, 다른 마도에 올라선 사람들이다. 내 길을 따라 걸어서 얻을 수 있는 건 별로 없다."

어느덧 따뜻한 눈빛이 되어 생도들을 하나하나 훑는 루인.

"다프네."

"네?"

"내가 너라면 이미지보단 마력의 총량을 늘리는 데 모든 노력을 기울이겠다."

"마력의 총량? 왜죠?"

루인이 시선으로 그녀의 머리를 가리켰다.

"넌 내가 본 마법사 중에 암기력과 술식 구현력이 가장 뛰어나다. 특히 네 메모라이징은 솔직히 조금 충격적이기까지 했지."

다프네와의 대결은 이 어린 다프네가 어떻게 입탑에 성공할 수 있었는지를 여실히 느낄 수 있는 경험이었다.

메모라이징 마법은 수련으로 성취가 높아지는 계열이 아니었다.

순수한 두뇌의 암기력과 연산력, 예민한 감각을 통한 술식 구현력 등.

타고난 재능에 따라 마법의 역량이 달라지는, 말 그대로 천재만 가능한 마법이 바로 메모라이징인 것이다.

한두 마법 정도를 메모라이징 해 두는 것쯤은 시간만 주어진다면 누구에게나 가능한 일.

그러나 그 짧은 시간 내에 중급 마법 대여섯 개를 동시에 구현해 낸다는 건 일반적인 재능으로는 결코 가능한 것이 아니었다.

"나 정도 수준의 마력을 지녔다면 과연 넌 메모라이징 마법을 몇 개나 펼칠 수 있지?"

루인의 질문에 다프네가 무겁게 입을 닫는다.

최소 10만 리쿼르.

지금의 자신에겐 그야말로 무한하게 느껴지는 마력의 총량.

그런 아득한 마력을 품는다는 건 상상도 되지 않았지만 그럼에도 그녀의 두뇌는 끊임없이 연산되고 있었다.

"해 보진 않았지만 최소 열 개 정도는 가능할 거 같아요."

"겸손하군."

웃고 있는 루인을 향해 다프네가 고개를 가로저었다.

"아직 그 정도는 이미지조차 해 보지 않았거든요? 정신 붕괴의 우려도 있고, 게다가 마력 폭주의 가능성까지 있으니까⋯⋯."

"그런 위험한 가정 다 빼고. 네 암기력과 연산력, 술식 구성력만을 가늠한 후 객관적으로 가능한 수치를 말해."

다시 입을 다문 채 한참 동안 고심하던 다프네가 놀라운 숫자를 입에 담았다.

"스무 개 정도? 어쩌면 그 이상?"

시론이 떠억 하고 입을 벌렸다.

"아니 그게 가능해?"

"어려운 일은 아니잖아요? 술식의 기전을 떠올리고, 회로로 그리고, 배치하고, 기억한 후 차례대로 심상에 욱여넣기만 하면 되는 반복인데."

"뭐⋯⋯?"

웬만한 마법 세 개 정도만 메모라이징을 해두어도 빈혈이 일어나며 정신 교란의 전조를 겪게 되는 것이 일반적.

시론은 어이가 없었다.

"⋯⋯재수 없다는 게 이런 느낌인가?"

17

"아마 맞을 거야."

맞장구를 치는 세베론을 향해 다프네가 곱게 눈을 흘겼다.

"지금 입탑 마법사를 무시하는 거예요?"

루인의 웃음이 더욱 진해졌다.

"20개 이상의 메모라이징이 가능하다는 게 어떤 의미인지 아직도 모르겠나?"

뒤편에서 들려오는 리리아의 무심한 목소리.

"대기사전이든 대마법전이든 최소 10분 정도는 무적이라 는 뜻이군."

고개를 끄덕이는 루인.

"무엇이든 가능한 시간이지."

"아……."

다프네가 눈을 감으며 생각에 잠겼다.

그러나 그녀는 이내 미간을 찡그리며 심상에서 깨어났다.

"마력의 총량을 늘리라는 건 결국 서클을 추가하라는 뜻이 잖아요?"

고위계에 도달하고 싶은 건 모든 마법사들의 한결같은 숙원.

그러므로 마력을 늘리라는 건 그저 수련을 더 열심히 하라 는 독려에 지나지 않았다.

그게 그 말이란 뜻.

"아니. 마력의 총량은 경지에 비례하지 않는다. 명확히 구분되지."

"그게 무슨……? 아……."

그제야 다프네는 루인이 4위계의 마법사라는 것을 상기했다.

하지만 그건…… 자신의 지혜와 상식으로 해석할 수 없는 문제였다.

헤데이안 학부장은 분명 루인을 마도사로 지칭했다.

4위계의 '마도사'라니.

어떤 마법사라도 배를 잡고 웃을 일이다.

"마력만 따로 늘리는 수련 방법이 존재할 수 있나요?"

그 순간 루인이 다시 웃었다.

왠지 모를 오싹함을 느낀 다프네.

"있지. 누구라도 효과를 볼 수밖에 없는, 완벽하게 검증된 수련법이."

동시에 생도들이 눈을 동그랗게 떴다.

"마, 마력만 높이는 방법?"

"그게 가능해?"

"그런 방법이 실재한다고요?"

루인이 간단하다는 투로 대답한다.

"서클(Circle)의 재구축 수련이다."

"……네?"

다프네는 그대로 굳어져 버렸다.

서클의 재구축?

"설마…… 그 방법이란 게……."

"이해한 그대로다. 마나 서클을 강제로 모두 붕괴시킨 후, 새로 고리를 맺는 반복 수련을 말한다."

이것은 전생의 동료였던 광휘의 마법사 헤스론의 일명 '재구축 수련법.'

오랜 세월 끝에 초인의 경지를 이룩했던 그만의 마도였다.

세베론이 경악성을 내질렀다.

"아, 아니! 그건 너무 위험하고 무모하잖아! 겨우 이룩한 고리들을 붕괴시키다니! 그랬다가 다시 고리를 구축하지 못하면? 그걸로 마법사의 인생은 끝이라고!"

루인이 고개를 끄덕였다.

"맞다. 스스로를 믿지 못하는 이상 결심하기 힘든 수련법이지."

호기심을 참지 못한 리리아도 한마디 거들었다.

"고리의 재구축으로 일궈 낼 수 있는 게 마력의 상승 단 하나뿐인가?"

"아니. 마력의 상승은 '재구축 수련법'의 부차적인 수확에 불과하다."

"그럼? 다른 어떤 것을?"

"오솔길을 이미지해라. 그리고 넌 그 길을 매일매일 다르게 걷는다. 어느 날은 살랑거리는 들판의 향기를 맡고, 어느

날은 불쾌한 이슬을 맞으며 걷겠지. 어제는 조급한 느낌으로, 오늘은 여유로운 발걸음으로······."

리리아는 어느새 눈을 감고 있었다.

"같은 길을 다시 돌아가 보는 것. 그리고 그 일을 끊임없이 반복하는 것."

"······."

"전에 느껴 보지 못한 전부를 얻을 수 있다, 리리아."

리리아를 바라보던 루인의 두 눈이 번뜩였다.

"한 사람의 마도(魔道)는 달라져 있을 것이다. 훨씬 긍정적으로."

그 순간.

한 치의 주저도 없이 자리에 앉은 리리아.

곧 그녀의 전신에서 밀도 높은 마력이 흘러나오기 시작했다.

점점 옅어지는 마력의 잔향.

다프네가 소스라치게 놀란다.

"뭐, 뭐 하는 짓이에요! 설마······?"

한참 후.

리리아에게서 뿜어져 나오던 마력은 더 이상 흘러나오지 않았다.

희미해져만 가는 리리아의 마력, 그 잔향이 의미하는 것.

이 현상을 생도들이 모를 리가 없었다.

"리, 리리아!"

슈리에가 가장 먼저 그녀를 향해 뛰어갔다.

창백해진 리리아의 얼굴을 확인한 그녀가 이내 눈물을 터뜨렸다.

"아…… 아……."

이 말도 안 되는 상황을 슈리에는 도저히 받아들일 수 없었다.

"대체 왜……."

"나는 나를 믿는다."

스스로를 향한 믿음 없이는 결코 실행할 수 없는 수련법.

"아니 그렇다고 정말로 고리를 부수면 어떡해요!"

아무렇지도 않다는 듯 부심한 표정만 짓고 있는 리리아.

그러나 한 마법사의 모든 역량, 고리를 부수는 각오가 가벼울 리가 없다.

"그리고 난 저 녀석도 믿는다."

"……."

슈리에의 눈물 그렁한 두 눈이 루인을 쏘아봤다.

루인은 천재 같은 것이 아니다.

세상의 잣대로 가늠할 수 없는, 그야말로 규격 외의 괴물.

그런 무시무시한 괴물의 방식을, 평범한 인간들이 흉내 내려 했다간 파멸을 맞이할 수도 있는 일.

오랜 갈망으로 완성한 한 마법사의 모든 것이라 할 수 있는 고리였다.

그런 서클을 장난처럼 붕괴니 재구성이니 말하는 루인에게 슈리에는 화가 치밀어 올랐다.

"당신이 모두 책임지세요!"

무표정하게 슈리에를 바라보는 루인.

"너는 왜 리리아를 믿지 않지?"

"아, 아니 이건 그런 문제가……!"

"아니. 이건 믿음의 문제다 슈리에."

루인이 유적 동굴의 벽면에 비스듬히 몸을 기댔다.

"넌 믿지 못하고 리리아는 믿는다. 이건 그냥 그런 문제다. 다른 해석 따윈 없어."

리리아는 그런 루인을 차분히 응시하고 있었다.

굳이 입을 열어 말하지 않아도 루인은 그녀가 무슨 말을 듣고 싶어 하는지를 잘 알고 있었다.

"네 마도는 많이 변했다 리리아. 마법보다는 그 마음이 더 더욱."

츠츠츠츠츠-

루인이 오드를 소환하자 동굴이 다시 환해졌다.

오드가 미끄러지듯 허공을 나아가더니 리리아의 곁에서 도도한 회전을 멈추었다.

"달라진 마음, 변한 네 심상으로 다시 처음부터 길(道)를 뚫어라. 억지로 고리를 완성하려는 마음을 버려. 그저 지금의 네가 어떤 사람, 어떤 마법사인지를 직시해라."

우우우우웅-

루인의 마나 서클, 오드가 가늘게 떨리더니 주변으로 강한 마력을 떨치기 시작했다.

"가장 중요한 것은 관조다. 과거를 기억하고 미래를 꿈꾸는 너의 본질이다."

마침내 리리아가 눈을 감았을 때, 시론이 꿀꺽하고 침을 삼켰다.

"유적 동굴 속을 떠돌던 마나의 유량이 달라졌다."

시론은 루인의 마나 서클이 무슨 효과를 발휘하고 있는지를 곧바로 알아차렸다.

"마나 포인트?"

"……아니야."

마나 수련을 돕기 위해 마법진을 펼친 장소를 마나 포인트라고 불렀다.

이어진 세베론의 대답.

"마나 포인트와는 느낌이 달라."

그런 인위적인 장소가 아닌, 마정(魔精)이 탄생할 수 있는 바로 그런 곳.

"이건 마도서가 설명했던 마나존에 가까워."

마나존(Mana Zone).

천 년에 한 번 발견하기조차 힘든 대자연의 신비.

"그럼 지금 여기가……."

시론은 지금 자신들이 얼마나 대단한 행운을 눈앞에 두고 있는 지를 깨달았다.

그러나 다프네가 조금 빨랐다.

스스스스스-

도도한 마나의 흐름이 그녀의 주위로 흩어지고 있었다.

그녀가 이룬 여섯 개의 고리가 붕괴되기 시작한 것이다.

눈짓을 교환한 시론과 세베론도 서둘러 자리를 잡았다.

어느새 유적 동굴은 생도들이 흩어 낸 마력으로 가득 차오르고 있었다.

하지만 슈리에는 끝내 미동도 하지 못했다.

그녀는 루인을 믿지 못하기보단 스스로에게 확신이 없었다.

고풍스러운 탁자 위 한 장의 통보서.

마탑의 최고 위계인 에이션트 매지션 네홈에게도 그 글귀는 너무 충격적인 것이었다.

"타, 탑주님?"

네홈은 현자 에기오스의 결연한 눈빛을 마주하며 거칠게 고개를 도리질했다.

"이, 있을 수 없는 일입니다. 제가 탑주라니요?"

"이미 왕실과 모든 협의를 끝마쳤네. 지금부터 자네가 새로운 마탑주, 차기 현자일세."

"탑주님!"

"조만간 이 사실이 탑주의 이름으로 공표될 걸세. 새로운 시대를 잘 이끌어 가게나."

네홈이 어지러운 감정을 겨우 추스르며 고개를 들었다.

"설마 그 일 때문에 이러시는 겁니까?"

담담하게 웃는 에기오스.

"부정하진 않겠네. 이제 그 녀석이 인간이든 드래곤이든 상관없네. 헤이로도스의 전승자가 확실해진 이상, 나는 반드시 녀석의 마도를 연구해야 하네."

"하지만 굳이 이러실 필요까지 있으십니까? 마도 연구라면 현자의 지위를 유지하고서도 얼마든지……."

에기오스가 네홈의 말을 잘랐다.

"벌써 어브렐가의 가주가 움직였네. 웬만한 마도명가는 모두 녀석의 후원자가 되려고 줄을 서겠지. 물론 왕실도 내 경쟁자네. 왕국의 현자네 탑주네 게으름을 피웠다간 녀석의 그림자조차 밟아 볼 기회가 없겠지."

르마델의 왕립 아카데미에 헤이로도스의 마법이 출현했다는 소식은 결국엔 주변 국가로까지 퍼져 나갈 것이다.

공개된 장소에서 워낙 많은 생도들이 지켜보았기 때문.

지금까지야 이런저런 핑계로 에어라인의 입천을 막고는 있지만, 결국엔 마도명가들의 끈질긴 집념을 감당해 낼 수 없을 것이다.

　"이 소식이 주변 왕국으로 퍼져 학회가 움직일 때쯤엔 모든 게 끝장이네. 그들의 요구는 막을 수 있는 게 아닐세. 최악의 경우, 헤이로도스의 전승자를 타국에 빼앗길 수도 있네."

　네홈의 표정도 점점 더 심각해졌다.

　"그 전에 반드시 헤이로도스의 비기를 우리 르마델이 취해야 되겠군요."

　"아니지. 본 마탑이 소유해야지."

　"아……."

　즉각적으로 에기오스의 뜻을 이해한 네홈.

　르마델의 마탑이 대대로 존속할 수 있었던 건 이 마탑에 대체 불가의 자원이 항상 존재해 왔기 때문이다.

　모든 이들이 절실히 바라고 있는 역량을 보유하는 것.

　그것이 이 기사의 왕국에서 마탑이 살아남은 방식.

　그때.

　똑똑-

　조심스러운 몸짓으로 집무실에 들어온 한 마법사가 에기오스를 향해 허리를 숙였다.

　"탑주님, 마법학부의 학부장님께서 입탑하셨습니다."

　"학부장님께서?"

"······헤데이안이?"

에기오스와 네홈이 서로를 마주 보며 놀란 표정을 짓고 있었다.

'유성 폭풍'과 같은 대재앙 속에서도 마탑과의 협력을 거부한 헤데이안이었다.

그가 마탑을 찾은 건 십수 년 만의 일.

"일단 모시게."

"네, 탑주님."

네홈은 아직도 눈에 핏발을 세우며 에기오스와 맹렬히 논쟁하던 그의 모습이 선명했다.

에기오스와 완벽히 반대되는 성향의 학파에 몸을 담고 있는 그는 현자 에기오스의 유명한 앙숙이었다.

"헤이로도스의 마법이 대단하긴 대단하군요. 학부장님을 마탑에 오르게 만들다니."

"그러게 말일세."

잠시 후, 헤데이안 학부장이 에기오스의 집무실에 도착했다.

긴 수염을 쓰다듬으며 서 있던 그에게로 네홈이 일어나 예를 갖추었다.

"참으로 오랜만에 뵙습니다, 학부장님. 이게 몇 년 만인지요? 이렇게 정정하신 모습을 뵈니 이 네홈은······."

"마음에도 없는 소리일랑 집어치우고 자리나 내주게."

"……앉으시지요."

헤데이안의 표정은 좀처럼 풀어지지 않았다.

마탑엔 죄다 이런 놈들뿐이었다.

마도를 궁구하는 마법사라기보단 정치꾼에 가까운 자들로만 득실거리는 곳.

자리에 앉은 헤데이안이 곧장 에기오스를 매섭게 노려보았다.

"보아하니 이번에도 잔머리를 굴려 댈 심산이군."

"그 가벼운 언행은 언제 고쳐질 요량인가?"

헤데이안이 탁자 위의 통보서를 힐끔 바라봤다.

"이 핏덩이에게 왕국의 현자라…… 제정신인가?"

"지나친 언동을 삼가라고 했네. 그는 본 마탑의 에이션트 매지션일세."

"흥!"

아직도 헤데이안에게 네흠은 땀을 뻘뻘 흘리며 마도서나 옮기던 수련 마법사에 불과했다.

에기오스의 비위를 맞춰 가며 지위를 누려 온 자.

마법사라기보단 정치질과 아부에 능한, 그저 세태와 야합한 전형적인 직업 마법사였다.

"이렇게 헛된 힘이나 빼고 있을 줄 내 잘 알고 있었지. 이쯤에서 집어치우게. 헤이로도스의 마법은 자네가 생각하는 그런 위대한 마법이 아니야."

에기오스는 헤데이안의 말에 담긴 묘한 뉘앙스에서 그가 이미 루인의 마법을 살폈다는 것을 알아차렸다.

"헤이로도스의 술식을 직접 살폈다는 뜻인가?"

"녀석을 만나고 오는 길이지."

금방 호기심 가득한 네홈의 눈빛이 헤데이안을 향했다.

"위대한 마법이 아니라는 말씀은……."

헤데이안은 자신이 직접 보고 느낀 것을 담담하게 설명하기 시작했다.

그의 말이 이어질 때마다 에기오스와 네홈의 표정이 시시각각 변해 갔다.

과연 그의 말을 듣고 있자니, 왜 그동안 헤이로도스의 전승자가 탄생하지 않았는지를 깨달을 수 있었다.

"허허, 심상계와 인식계의 경계가 무너지는 경지라…… 그게 인간에게 가능한 경지인가?"

"저로서는 상상조차 할 수 없습니다, 탑주님. 사람이 천 년을 산다고 해도 그런 건……."

헤데이안 학부장이 허탈하게 웃었다.

"무엇보다 황당한 건 그 염동력이지. 그건 인간의 수명으로 완성할 수 있는 수준이 아닐세."

결국 에기오스는 헤데이안이 미처 놓치고 있는 부분을 말해 줄 수밖에 없었다.

"헤이로도스의 마법이 그런 초월적인 마법이라면 더욱 확실해졌군. 헤데이안. 그는 백룡(白龍) 비셰리스마일세."

"……비셰리스마?"

르마델 왕국의 개국 초기에 활동한 전설적인 드래곤의 이름.

그 녀석이 하이베른가의 수호룡이라고?

잠시 멍해져 있던 헤데이안이 배를 잡고 웃었다.

"허허허허! 과연 그럴싸해! 드래곤의 수명이라면 그런 탈인간적인 정신과 염동력의 보유가 가능하겠지! 하지만……."

"……?"

의뭉스러운 표정으로 자신의 시선을 마주하고 있는 에기오스를 향해 헤데이안이 싱긋 웃어 주었다.

"녀석은 누가 뭐래도 인간일세. 드래곤일 리가 없어."

에기오스는 헤데이안의 성격을 누구보다도 잘 알고 있었다.

자신이 아는 헤데이안은 결코 함부로 확언을 내뱉는 이가 아니었다.

"무슨 근거로 그런 확신을 하는가?"

헤데이안 학부장이 기다란 수염을 쓰다듬으며 한참 동안 생각에 빠졌다.

막상 설명을 하자니 그럴싸한 근거가 떠오르지 않았기 때문.

하지만 자신의 판단을 철회할 생각은 없었다.

"사람만이 향유할 수 있는 생각이네. 같은 사람이기에 느낄 수 있는 사고(思考)지."

"그건 확증이라기보단 자네의 감이지 않은가?"

-제게 저들은 의심의 대상이 아닙니다.

루인의 말을 떠올리던 헤데이안이 빙그레 웃었다.

"그건 유희 같은 게 아닐세."

그 위대한 존재가 인간을 동등한 인격체로 인식한다고?

무엇보다 드래곤이 인간을 믿는다고?

에기오스가 의문을 가득 담은 눈빛으로 다시 헤데이안을 마주 바라보았다.

"이해가 되지 않는군. 평생 날 보지 않을 것처럼 굴던 자네가 이런 모호한 이야기나 하려고 굳이 마탑에 올랐단 말인가? 자네답지 않네."

"경고하러 왔네."

"……경고?"

자리에서 일어난 헤데이안이 날카로운 눈빛으로 에기오스를 훑었다.

"녀석을 향한 어떤 만남도 허용할 수 없네. 녀석이 생도인 이상 이건 내 권한이야."

치졸하게 학부장의 지위를 내세우다니.

에기오스의 눈빛도 매서워졌다.

"녀석의 마도를 독점하려는 건가?"

"허허, 착각이 심하군."

"뭣?"

혜데이안의 투명해진 눈빛.

"녀석은 타인의 간섭을 극도로 싫어하네. 녀석이 돌변하여 생도를 포기한다면 이 왕국은 천 년 만에 탄생한 마도사를 잃게 될 테지."

"마, 마도사?"

"그래, 에기오스. 처음엔 나도 받아들이지 못했네. 내 상식으론 도저히 이해가 되지 않았지. 하지만……."

혜데이안의 동공에 찰나지만 공포가 서렸다.

"내가 본 것은 분명 마도사의 영역이네."

아카데미의 지하 입구 근처에서 여러 명의 마법 생도들이 긴장하며 서 있었다.

"벌써 일주일째군."

'환영의 등나무 탑'의 리더 생도 볼칸은 고작 무등위 생도를 기다리는 일에 일주일이나 허비하고 있다는 사실이 불쾌하기 짝이 없었다.

33

"그렇다고 다른 그룹의 유적을 함부로 침범할 수도 없는 노릇이잖아."

볼칸에게 핀잔을 놓은 여생도는 다름 아닌 '꿈꾸는 불새의 둥지'의 리더 생도 에덴티아였다.

유적은 그룹의 성역(聖域).

유명무실하지만 목소리 그룹도 엄연히 그룹이었기에 함부로 그들의 영역을 침범할 수는 없었다.

"젠장, 대체 그 루인이란 녀석은 왜 육체 수련에 그토록 집착하는 거지?"

"레에스의 말을 듣지 못했어? 녀석은 워메이지야. 무투술만으로도 그 무식한 근육 괴물을 압도해 버린 녀석이라고."

마법학부의 이명 생도들이 아카데미의 지하 입구에 이렇게 진을 치고 있는 이유는 무등위 생도들의 훈련장 수련을 막기 위해서였다.

그렇지 않아도 평소에 핍박받던 후배들이 목소리 녀석들 때문에 더욱 힘든 아카데미 생활을 버티고 있었다.

만약 그 무식한 '포효하는 황혼' 녀석들을 더 자극한다면 무슨 일이 일어나도 이상하지 않았다.

지금 에어라인 아카데미는 언제 터질지 모르는 활화산 같은 상태.

"워메이지? 헤이로도스의 전승자? 누굴 바보로 아나? 넌 레에스의 말을 믿는 건가?"

"그럼?"

"레예스는 음흉한 놈이다. 우릴 바보로 만들고 뒤에서 또 뭔가 꾸미고 있겠지."

"아? 그럼 그 결투를 지켜본 다른 생도들도 다 똑같은 병신이고?"

"말조심해라. 에덴티아."

가볍게 무시하며 피식거리던 에덴티아가 오히려 환하게 웃으며 지하도를 바라보았다.

"난 그래도 조금은 통쾌해. 기사학부의 이명 랭커를 대인전으로 꺾어 버린 후배라니. 녀석…… 정말 허풍이 아니었어."

"뭐? 놈을 알고 있는 건가?"

"나한테 물었었어. 훈련장을 쓰려면 누구를 쓰러뜨려야 하냐고."

선배들 틈에서 조심스럽게 듣고 있던 3등위 마법 생도 바잔이 호기심을 드러냈다.

"그럼 녀석의 결투가 애초에 계획된 결투란 말씀이세요? 선배님?"

"반쯤은 그렇겠지."

"반이라뇨?"

"내가 상대하라고 말해 준 랭커는 근육 괴물 올칸이 아니었거든."

"아……."

3등위 마법 생도 리샤의 목소리가 이어졌다.

"사실은 선배님…… 녀석을 영웅 취급하는 애들이 더 많아요."

"그렇겠지. 대부분의 후배들이 황혼 녀석들의 핍박을 견뎌 왔으니까."

에덴티아의 시선이 후배들을 훑었다.

"하지만 더 이상의 분란은 안 돼. 만약 패싸움이라도 일어났다간 전부 퇴교 처분을 받게 될 거야. 이쯤에서 조용히 넘어가는 게 최선이야."

아카데미가 최대로 허용하는 건 결투까지.

집단전이 발생한다면 반드시 아카데미는 교칙으로 다스릴 것이다.

그리고 '황혼'은 충분히 그런 짓을 벌이고도 남을 미친놈들이었다.

"오늘도 안 나올 모양인데 난 이만 가겠다."

그렇게 볼칸이 뒤돌아섰을 때.

3등위 마법 생도 바잔의 경악성이 들려왔다.

"저, 저기! 목소리 생도들입니다!"

"뭐?"

홱 하니 돌아보는 볼칸.

지이이잉─

부유 계단을 타고 천천히 지상으로 상승하고 있는 목소리 생도들.

그들의 붉은 견장에 아무런 매듭이 없음을 확인한 볼칸이 매섭게 눈을 빛냈다.

"이제야 저 머저리 후배 놈들을 보게 되는군."

불쾌한 감정을 가감 없이 드러내는 볼칸과는 달리 에덴티아는 묘한 표정을 짓고 있었다.

'저 녀석들…… 뭔가…….'

목소리 그룹의 무등위 생도들.

아카데미 밖, 여관에서 만났을 때와는 풍겨 오는 느낌이 확연히 달랐다.

그러나 그 느낌을 쉽게 말로 표현할 수는 없었다.

굳이 말하자면 뭔가 더 깊어진, 더욱 차분해진 눈빛들.

그리고 알게 모르게 풍겨 오는 여유로움.

녀석들의 분위기는 그렇게 완전히 달라져 있었다.

"앗? 에덴티아 선배!"

환하게 웃으며 손을 흔드는 녀석은 현자의 손자 시론.

이미 저 목소리 생도들의 신분은 아카데미에 파다했다.

특히 저 아름다운 얼굴의 다프네, 현자 에기오스의 수제자는 루인과 필적할 정도로 유명해져 있었다.

부우우웅-

무등위 생도들이 부유 계단에서 차례로 내리자 에덴티아가 다가갔다.

그녀가 이내 루인을 마주 바라보았다.

"대체 일주일 동안이나 유적에서 뭘 한 거야?"

"수련."

루인의 짧은 대답.

볼칸의 고개가 기이한 각도로 꺾어졌다.

"이거 예절까지 말살된 놈이군."

루인의 무심한 시선이 볼칸에게 향했을 때 에덴티아가 황급히 제지하고 나섰다.

"이, 이 녀석에게 예의를 바라는 건 헛된 망상이야. 그냥 그러려니 해."

"아카데미의 등위 체계를 무시하자는 건가?"

"휴……."

사실 에덴티아는 루인이 자신에게 반말하고 있다는 걸 인식조차 하지 못했다.

왠지 모르게 당연하다고 느껴졌기 때문.

녀석의 아득한 눈빛, 우아하고 정제된 그 기품은 마치 대귀족을 눈앞에 둔 기분이었다.

"제 잘난 맛으로만 사는 건방진 놈들은 늘 통념과 체계를 무시하지. 부디 네놈은 오래도록 그 건방짐을 유지해라."

루인의 얼굴에 답답한 기운이 서렸다.

자신의 말투는 건방지거나 허풍을 떨고 싶은 마음에서 비롯된 것이 아니었다.

그것은 자의식의 문제.

수만 년을 살아온 대마도사의 자아가 이런 핏덩이들에게 본능적으로 존댓말을 용납하지 않는 것이었다.

"이명 랭커도 귀족도 아카데미의 등위를 무시할 순 없어요."

다프네의 조심스러운 충고.

루인이 다시 차분한 눈빛이 되어 에덴티아를 응시했다.

"우리들의 훈련을 방해하기 위해 나선 건가?"

"아……."

한없이 투명하고 차분한.

저 냉정한 눈, 저 무감한 감정은 언제나 에덴티아를 당황스럽게 했다.

그저 마주 바라보는 것만으로도 심장이 조여드는 것만 같은 기분.

지켜보고 있던 볼칸이 끼어들었다.

"네놈! 그런 건방진 태도를 계속……!"

"선배님, 이 한마디가 그토록 듣고 싶습니까."

무등위 생도들이 모두 떠억 하고 입을 벌렸다.

루인이 등급 생도를 향해 존댓말을 하는 모습이 처음이었기 때문.

"후배의 존댓말로 자존감을 채우는 스타일이라면 그렇게 대접해 드리죠. 단."

"뭐? 자존감?"

"얻을 수 있는 건 제 존댓말 하나뿐. 진정한 의미의 대화, 즉 설득 같은 건 처음부터 포기하셔야 할 겁니다."

볼칸의 시선을 외면한 루인이 곧바로 생도들에게 말했다.

"훈련장으로 간다."

"자, 잠깐만!"

에덴티아가 황급히 뛰어와 루인을 막아섰다.

"저 녀석은 무시해. 원래 저런 녀석이야. 잠깐만 대화를 하자. 우리 제법 통했잖아?"

그런 에덴티아와 눈짓을 주고받던 다프네가 루인의 옆구리를 찔러 댔다.

"신배님도 입장이 있으실 텐데 들어나 보죠."

"맞다 루인. 모든 선배들과 결투를 벌일 것이 아니라면 일단 들어나 보자고."

시론까지 동조하고 나서자 루인의 시큰둥한 표정이 조금은 옅어졌다.

〈**마법사는 이성(理性)을 사유하며 합리(合理)를 궁구하는 존재. 모두와 갈등하는 건 마법사의 방식이 아니에요.**〉

"뭐, 뭐야!"

"으, 음성 증폭 마법?"

마법학부의 등급 생도들이 소스라치게 놀라며 주위를 두리번거리고 있었다.

그들과는 조금 다른 결로 놀라고 있는 생도는 볼칸과 에덴티아가 유일했다.

"설마 이건!"

"절대언령……?"

볼칸의 의문에 다프네가 활짝 웃으며 고개를 끄덕였다.

"네 선배님. 저기 루이즈가 바로 절대언령의 보유자예요."

볼칸이 멍하니 다프네의 시선을 좇았다.

그곳엔 나무 지팡이를 손에 든 무등위 여생도가 환하게 웃고 있었다.

〈안녕하세요 선배님. 처음 인사드려요. 저는 루이즈라고 합니다. 잘 부탁드리겠습니다.〉

볼칸은 그대로 굳어져 버렸다.

헤이로도스의 술식만큼이나 전설적인 경지, 절대언령(絶對言靈).

그 이론상의 경지를 직접 경험하게 될 줄은 꿈에도 몰랐던 것이다.

뒤늦게 정신을 차린 볼칸이 황급히 마도의 예를 취했다.

"나, 나도 반갑다. 볼칸이다."

깍듯한 예에 걸맞은 화답.

뭔가 느끼는 바가 있는 듯, 묘한 표정을 짓던 루인이 에덴티아를 쳐다봤다.

"일단 들어는 보겠습니다."

"아? 그래 줄래?"

루인의 말투는 달라져 있었지만 여전히 그녀는 인식하지 못하고 있었다.

"일단 너희들, 훈련을 포기하진 않겠지?"

"말씀하신 대로."

그럴 줄 알았다는 듯, 신중한 표정으로 고개를 끄덕이는 에덴티아.

"황혼 녀석들과 어떻게든 협상해 볼 테니까 일단 내게 시간을 좀 더 줘. 시간대를 조정하거나, 선 통보로 녀석들의 체면을 세워 주는 방식 정도면 충분히 협상의 여지가 있거든."

"……"

"아, 그리고 훈련장의 사용료를 지불하는 방법도 한번 생각해 봐. 얼마를 부를지는 모르겠지만 황혼 녀석들 전부와 싸우는 것보단 낫잖아?"

루인이 미간을 찌푸렸다.

"그건 상납 같습니다만."

"뭐…… 그렇게 생각한다면 어쩔 수 없지만 그래도 지금의 방식보단 나을 거야."

"왜 이렇게까지 하는 겁니까."

에덴티아가 기다랗게 한숨을 내쉬었다.

"그럴 가망성은 낮지만…… 6위의 이명 랭커를 꺾어 버린 넌 내내 무사할 수 있다고 쳐. 네 친구들 역시 보통의 실력이 아닌 것 같으니 어떻게든 황혼 녀석들을 이긴다고 치자고."

에덴티아가 무등위 생도들을 차례차례 훑었다.

"하지만 너희들이 유적에 들어가 버리고 난 후엔? 더욱 심해질 핍박과 견제는 모두 평범한 마법 생도들이 감당해야 돼."

마치 예상이라도 한 듯 차분하게 고개를 끄덕이던 루인이 다시 입을 열었다.

"처음부터 이상했습니다."

"뭐가?"

"아카데미가 허용한 유일한 갈등 해결 방식인 결투. 하지만 그 방식은 대인전에 취약한 마법학부가 무조건적으로 불리할 수밖에 없죠."

루인이 기사학부 쪽 유적들을 바라보았다.

"이건 누군가의 의도입니다. 이런 불합리를 방치한다는 것은 기사학부의 학부장이든 아카데미의 학장이든 높은 분의 입김이 작용한 결과겠지요."

볼칸의 이글거리는 눈빛이 루인을 직시했다.

"그럼 넌 이 기사의 왕국을 뒤집을 방법이라도 있다는 거냐?"

여기서 왕립 아카데미의 불합리한 구조와 생태를 모르는 마법 생도는 없었다.

한데, 그저 현실을 모르는 애송이처럼 여겼던 루인에게서 놀라운 말들이 흘러나오기 시작했다.

"렌시아가의 위세를 감당할 수 없는 교수들. 렌시아가의 뇌물과 청탁에 길들어져 버린 고위 간부들. 렌시아가의 후원자를 두려워하는 생도들."

루인의 시선이 머나먼 남쪽을 가리켰다.

"모든 불합리의 시작점은 단 한 곳뿐입니다."

하이렌시아가.

지금 루인은 그들을 마법학부의 적으로 규정하고 있는 것이었다.

"훈련 시간대를 옮기고 선 통보로 체면을 세워 주며 상납을 해서라도 갈등을 유발하지 않는다. 고작 그런 게 후배들을 위한 길이라니. 뭔가 착각하고 계신 거 아닙니까?"

"……뭐?"

"저희가 유적 동굴에 입장하고 난 이후의 일을 따져 물으셨으니 저도 질문 하나 하죠."

차갑게 가라앉은 눈.

"선배들의 졸업 이후, 그때는 어떻게 후배들을 보호하실 계획입니까?"

"……."

"……."

아무런 대답 없이 굳어져 버린 선배 마법 생도들.

이내 루인의 선언 같은 외침이 그들의 귓가를 파고들었다.

"성을 공략하려면 마장기가 필요한 법. 마법학부를 진정으로 위한다면 저를 마장기로 쓰셔야죠."

볼칸의 눈빛이 미친 듯이 흔들린다.

왕립 아카데미에 뿌리내린 불합리.

그리고 그런 모든 불합리의 근원인 하이렌시아가라는 거대한 성(城).

"설마! 넌!"

말없이 미소 짓고 있는 루인.

에덴티아가 질린다는 듯한 얼굴로 고개를 절레절레 저었다.

"후, 이 녀석…… 애초에 협상 같은 걸 할 생각이 없었네. 괜히 일주일 동안 헛수고를 했어."

"엇? 저희를 일주일이나 기다리신 겁니까?"

당황해하고 있는 세베론을 향해 에덴티아가 싱긋 웃었다.

"뭐, 이게 '칼날 지배자'의 방식이라면 받아들여야겠지. 사실 한편으로는 기대도 되고."

"……칼날 지배자요?"

무등위 생도들이 얼떨떨한 표정으로 서로를 살피고 있을 때.

"몰랐어? 새롭게 6위에 랭크된 이명 생도. 그게 저 녀석의
이명이야."

시론의 입가가 조금씩 씰룩거렸다.

다프네의 아름다운 눈도 활처럼 휘어졌다.

세베론 역시 참을 수 없다는 태가 역력했다.

〈호호호!〉

거칠게 얼굴을 구기고 있는 루인.

조금씩 그의 어깨가 떨려 간다.

'하…….'

이걸 검성 녀석이 들었다면 최소 3년, 아니 30년의 놀림거
리였다.

Chapter. 31

황금빛 광채, 눈부신 노을이 사방에 가득한 곳.

거대한 유리 돔(Dome) 형태의 그룹 유적, '황혼의 안식처'.

사방이 질펀한 모래로 가득한 그곳에서 습관처럼 바닥의 모래를 훑고 있는 한 남자가 있었다.

아무렇게나 흘러내린 머리칼.

야수처럼 타오르는 눈동자.

강철 같은 근육과 꿈틀거리는 핏줄.

누가 봐도 한눈에 알 수 있는 전형적인 황혼의 생도였다.

곧 그에게로 여러 명의 덩치들이 빠르게 뛰어왔다.

인상을 쓰며 콧구멍을 벌름거리던 사내가 덩치들을 향해

일갈했다.

"훈련이 끝났으면 좀 씻어라 이 새끼들아."

"서, 선배님! 그놈들이 또 훈련장에 나타났습니다!"

"그놈들?"

"그때 그 주문쟁이 새끼들입니다! 선배!"

"뭐?"

'황혼의 야생마'라는 다소 특이하고 우스꽝스러운 이명.

하지만 랭킹 4위에 빛나는 황혼의 대표적인 이명 생도.

그런 그라간이 천천히 육중한 동체를 일으켰다.

웬만한 사내보다 배는 더 큰 그의 육체란 가히 전설 속의 남신(男神).

황혼의 또 다른 랭커인 강철의 하이랜더가 마치 꼬마처럼 느껴질 정도다.

"선배님! 결투하실 생각입니까?"

뭘 그딴 걸 물어보느냐는 듯 혐오 섞인 그라간의 눈빛이 이어졌다.

"제2훈련장은 우리 황혼의 영역이다."

"하지만 마탑의 늙은 주문쟁이들이 나선다면 골치 아파지지 않겠습니까?"

그라간의 두꺼운 입술이 씰룩거렸다.

"현자의 수제자라고 했나?"

"예. 게다가 엄청난 미모였습니다. 벌써 인기가 장난이 아닙니다."

"그래서 뭐?"

"예……?"

씨익 웃는 그라간.

"넌 내 후원자가 누군지 잊었나?"

하이렌시아가의 후원 생도 그라간.

이미 하이렌시아가의 방계 성까지 약속받은 전도유망한 기사 생도.

"하지만……."

"헛소리 그만하고 안내나 해. 척추 접어 버리기 전에."

"히익! 아, 알겠습니다!"

◆ ◇ ◆

루인 일행이 제2훈련장에 등장한 시점부터 이미 아카데미의 생도들이 구름처럼 모이고 있었다.

포효하는 황혼 그룹의 성향으로 미뤄 볼 때 또다시 훈련장에 등장한 무등위 마법 생도들을 용납할 리가 없었다.

결투는 당연시되는 분위기.

이명 랭커들의 드높은 자존심상 대부분의 결투는 은밀한 곳에서 남몰래 이뤄지기 마련이었다.

한데 강철의 하이랜더가 충격적인 패배를, 그것도 공개적인 장소에서 무등위 마법 생도에게 당해 버렸으니…….

때문에 학점이 빠듯한 생도들도 수업을 포기해 가면서까지 훈련장에 모여들었고, 심지어 호기심 강한 교수들까지 참관을 자처하고 나섰다.

와글와글.

휴가를 나갔거나 징벌을 받고 있는 생도를 제외한다면 거의 모든 생도들이 훈련장에 모였다고 해도 과언이 아닐 정도.

그렇게 훈련장을 가득 메운 인파 속에서 세베론이 침을 꿀꺽 삼켰다.

"루, 루인! 꼭 이렇게까지 해야 할까?"

수백여 명의 생도들이 자신들을 바라보고 있다.

세베론으로서는 처음 겪는 압박감.

이렇게 질식할 것만 같은 군중의 관심은 정말이지 부담스러웠다.

그러나 수백만 인류 연합을 이끌던 루인.

고작 수백 명 정도로는 가벼운 감흥조차 일어나지 않았다.

수십만 단위로 펼쳐지는 군세의 열기, 분 단위로 수천 명이 죽어 나가는 처절한 전장 속에서도 눈썹 하나 꿈쩍하지 않던 루인이었다.

"보폭은 최대 폭에서 7할 정도. 시선은 바닥을 향하지 말고 정면. 호흡은 의식해서 규칙적으로. 호흡이 흐트러지려 할 땐 차라리 속도를 줄여라. 언제나 말했듯, 가장 중요한 건 호흡이다. 쓸데없는 경쟁심을 갖지 마."

시론이 씨익 웃었다.

"그치만 널 따라잡고 싶은 건 본능인걸?"

"그렇다면 넌 의미 없는 훈련을 하는 거다."

"쳇."

루인이 뛰기 시작하자 생도들이 뒤따랐다.

군중의 시선을 받으며 묵묵히 달리기 시작하는 루인과 생도들.

유적 동굴에서의 재구축 수련 이후 다들 눈빛이 살아나 있었다.

그들은 평생토록 해 왔던 마법 수련보다 유적 동굴에서의 일주일이 더 길게 느껴졌다.

그들은 많은 것을 느꼈고 또 이루었다.

후우- 후우-

어느덧 그들의 호흡은 루인을 닮아 가고 있었다.

보폭과 호흡, 동작과 속도 등 마치 한 몸처럼 움직이는 무등위 생도들.

그때.

"황혼 그룹이 나타났다!"

"황혼의 야생마!"

그라간을 선두로 수십여 명의 덩치들이 절도 있게 훈련장을 향해 걸어온다.

황혼의 기사 생도들은 예식이나 수업에 참여하지 않는 이상 언제나 생도복 상의를 입지 않았다.

그러므로 네모반듯한 저 근육들은 황혼 그룹을 상징하는 그 자체라 할 수 있었다.

사실 가슴 근육의 크기가 저들의 서열에 지대한 영향을 미치기도 했다.

저벅저벅.

그라간이 선두에서 뛰고 있는 루인을 발견하더니 누런 이를 드러내며 웃고 있었다.

눈빛만 살펴봐도 올칸을 쓰러뜨린 놈이란 걸 본능적으로 알 수 있었다.

하지만 그라간은 올칸처럼 함부로 무식하게 짓쳐 들지 않았다.

뇌까지 근육으로 차올라 버린 다른 황혼 녀석들과는 달리 자신은 전략이란 걸 아는 기사.

이미 올칸을 쓰러뜨린 녀석의 실력을 완벽히 숙지하고 왔다.

그러나 아무리 자세하게 놈의 실력을 파악하고 왔다손 치더라도, 놈의 무투술을 직접 겪어 보지 않은 이상 함부로 움직일 수가 없었다.

놈의 무등위 견장은 완벽히 무시한다.

상대는 6위에 새롭게 랭크된 이명 생도일 뿐.

한데.

"왔군."

달리기를 멈춘 루인이 생도복 하의의 주머니를 뒤적거린다.

그가 주머니에서 꺼낸 건 꾸깃 구겨진 예식용 장갑이었다.

턱.

그라간은 새하얀 뭔가가 자신의 몸에 맞고 땅에 떨어지고 나서야 그게 장갑이란 걸 알 수 있었다.

당혹스러운 감정이 고스란히 얼굴에 드러난 그라간.

"이…….."

가타부타 인사말 한마디도 없이 장갑부터 던지는 놈이라니.

한데 이어진 놈의 말은 더 가관이었다.

"기사를 상대할 때 처음으로 살펴야 할 것은 눈이다. 투기의 성질을 예측할 수 있지. 모든 투기는 고유의 감정을 담아낸다."

금방 호기심을 드러내는 놀라운 미모의 여생도.

"그럼 지금 저 선배는 어떤가요?"

다시 자신을 바라보는 놈의 무감각한 두 눈.

"심지가 굳은 자의 눈빛이다. 이런 자는 흔들리지 않는 굳건한 검술을 구사하지. 하지만 아쉽군. 역시 도취되어 있어."

"도취라뇨?"

"우매함의 봉우리. 자신이 올라선 꼭대기가 가장 높다고 믿는 마음이지."

"아······."

"이 정도 수준에선 사실 투기의 기질을 살피는 게 무의미하다."

"왜죠?"

"감정을 읽히는 기사의 경지란 대체로 높은 경지가 아니기 때문이다."

그때.

〈눈빛만으로 기사의 역량을 재단한다는 건 좀 비약이 심한 거 아닌가요?〉

그라간은 깜짝 놀랐다.

갑자기 웬 여자의 목소리가 머릿속을 울려 오는데 어디서 들려오는지를 파악할 수 없었기 때문.

루인이 씨익 웃는다.

"생도의 한계를 여실히 드러내고 있지 않느냐. 결투의 시작을 알렸는데도 아직도 당황하고만 있다. 마법사에게 시간을 내어 준다는 게 얼마나 멍청한 짓인지 모르는 거다. 다프네, 너라면 이 정도 시간에 몇 개의 마법을 메모라이징할 수 있지?"

"네다섯 개 정도?"

"아직도 내가 이 녀석의 실력을 가늠해야 하나?"

지독한 모멸감에 온몸이 떨려 온다.

살면서 이렇게 화가 나는 건 처음이었다.

그때.

놈의 등 뒤에서 마력 칼날 다발이 천천히 떠올랐다.

"칼날 지배자!"

"야생마와 칼날 지배자가 결투를 시작했다!"

관람하고 있던 생도들의 흥분 섞인 외침.

야생마 VS 칼날 지배자.

여기서 웃음을 참을 수 있는 사람은 없었다.

"큽!"

"악!"

"푸웁!"

차마 당사자들 앞에서 웃을 수 없었던 무등위 생도들이 필사적으로 버티고 있을 때.

후배들에게 육중한 중검을 건네받은 그라간이 그대로 투기를 끌어올렸다.

중검의 검끝에 노을과 같은 빛무리가 일어나자.

"통상적으로 기사의 스피릿 오러는 4위계 원소 마법의 파괴력과 맞먹거나 그 이상이다. 그 정도 파괴력을 상시 유지한다는 점에서 마법사에겐 재앙이라 할 수 있지. 원래라면 접근전은 불가능하다."

쐐애애액!

갑자기 여섯 개의 마력 칼날이 날아들자 그라간의 중검이 맹렬하게 소용돌이 쳤다.

회전하는 힘을 이용해 다수의 검을 막는 기초 방어 검술.

투캉! 카앙!

한데 뭔가 뒤가 허전하다.

그라간이 동물적인 감각으로 등 뒤를 돌아봤을 때.

빠악!

허벅지를 휘감아 오는 격렬한 통증.

"흡!"

중검을 역수로 잡은 그라간이 그대로 후방을 향해 찔러 넣는다.

까앙!

마력 칼날을 통제하던 염동력이 순간적으로 흐트러졌다.

조금은 놀라는 루인.

그라간의 검은 마치 움직이는 바위 같았다.

마치 검술 교본과 같은 정통의 중검술.

일체의 잔재주 없이 오로지 간결하고 묵직한, 그런 부변(不變)의 검.

부우우웅!

느리다 못해 답답하게 느껴지는, 하지만 결코 무시할 수 없는 힘이 담겨 있었다.

쏴아아아아-

순간 루인의 마력 칼날들이 모조리 투명한 물로 변한다.

다프네는 그런 루인의 술식이 4위계 군집 마법, 워터 스웜 (Water Swarm)인 줄로만 알았는데 자세히 살펴보니 뭔가 달랐다.

투명한 물 뭉치 여섯 개.

염동력으로 다루고 있다고 보기엔 뭔가 움직임이 기이하다.

"정통적인 힘의 검을 구사하는 기사를 맞상대할 땐—"

중검이 떨칠 궤적의 끝을 미리 선점하고 느긋하게 기다리는 물 뭉치들.

첨벙!

그렇지 않아도 느릿한 중검이 더욱 느릿해진다.

"부딪치는 것보단 상쇄가 효과적이다. 그리고—"

빠각!

순간적으로 파고들어 그라간의 허벅지를 감아 차는 발길질.

"크윽!"

이어지는 쾌속의 5연타.

퍼퍼퍽!

"큰 힘은 반드시 큰 동작을 수반한다. 일반적인 검술보다 빈틈에 취약하지."

결국 스피릿 오러에 의해 하나의 물 뭉치가 모조리 기화(氣化)되었고.

오히려 그런 뿌연 안개를 루인이 이용했다.

"워메이지의 무투술은 이런 걸 가능케 한다."

빠각! 퍼퍽!

셀 수 없는 환영, 엄청난 주먹과 발길질의 연격에 정신없이 물러나면서도 상처 입은 짐승처럼 강렬한 눈빛을 빛내고 있는 그라간.

공격이 끝났을 땐 루인이 주먹을 털어 내며 씨익 웃고 있었다.

"이래서 내가 그래 봤자 생도 수준이라고 하는 거다. 이 와중에도 내 빈틈을 찾겠다고 여유를 부리고 있지 않느냐."

부우우웅!

그라간의 중검이 다시 스피릿 오러를 뿜었고.

"왜 내가 하단만 노리고 있는지."

쏴아아아아!

다시 중검을 감싸 버리는 물 뭉치.

"본인이 무슨 함정에 빠지고 있는지."

빠각! 퍼벅!

"커흑!"

그라간의 양 허벅지와 종아리가 차마 보기가 힘들 정도로 시퍼렇게 부풀어 올라 있었다.

과연 저 상태로 걸을 수 있을지가 의문일 지경.

"아무것도 모르는 상태로 검만 휘두르지."

악착같이 깨문 입, 그라간의 눈빛이 흔들리고 있었다.

"중검을 다루는 기사는 하체가 단단하지 않으면 절대로 검을 다룰 수 없지. 게다가 본인에게 불리한 공간이라면 더더욱."

"뭐……?"

그라간이 멍하게 자신이 딛고 있는 땅을 바라봤을 때.

미끌.

"어? 어! 아아악!"

정신없이 휘청거리더니 그대로 허물어져 버린 그라간.

꽈당!

"저건?"

"와! 저걸 언제 깔아 둔 거야?"

그것은 누구도 미처 예상하지 못한 마법.

시전자가 지정한 일정 범위의 마찰 계수를 제로에 가깝게 만들어 버리는.

중급 윤활 마법, 그리즈 필드(Grease Field)였다.

시론이 멍해진 얼굴로 세베론을 쳐다본다.

"정말 4위의 랭커가 맞나? 저번 강철 선배보다 더 약한 거 같은데?"

"……그러게?"

〈이건 루인 님의 마도가 아니야.〉

분명 루인이 지금까지 보여 줬던 전장의 마도(魔道)가 아니었다.

그런 일격필살의 마도와는 거리가 먼, 전혀 궤가 다른 마도.

루인이 필사적으로 일어나려는 그라간을 바라보며 웃었다.

"옛 친구의 방식이다."

목소리 생도들이 헤스론의 재구축 수련법을 익힌 이상, 루인은 그의 마도를 함께 보여 주고 싶었다.

어떤 상황에서도 효율을 추구하는 헤스론의 마도, 그 유틸 마법의 극한을.

리리아는 루인이 수천 개의 마력 칼날을 떨칠 때보다 오히려 지금이 더 놀라웠다.

무투술과 염동 마법을 제대로 활용하면 얼마나 효과적으로 기사를 제압할 수 있는지를 여실히 느낄 수 있는 장면.

게다가 놀라운 검술 이해도, 애초에 계획된 매뉴얼인 양 완벽하게 대응하는 술식.

거기에 중간중간 자신들의 이해를 돕기 위해 친절하게 설명을 늘어놓는 비상식적인 여유까지.

무엇보다 무서운 건 이 모든 과정 속에서도 치밀하게 심리전을 펼쳤다는 것.

저 엄청난 랭커를 순식간에 함정으로 몰아넣는 이런 노련함이 과연 생도 수준에서 가능한 역량일까?

이건 마치 노회한 마법사를 보는 것 같았다.

투기 한 번 검술 한 번 제대로 떨쳐 보지 못한 채 그리즈 필드에서 허우적거리고 있는 황혼의 기사 생도.

그런 근육 덩치를 바라보고 있자니 리리아는 헛웃음이 올라올 지경이었다.

"내 전부를 배우라는 말이 아니다. 물론 따라 할 수도 없고."

루인의 염동력은 현자급 마법사인 헤데이안 학부장조차 혀를 내두른 절대적인 권능.

더욱이 생도들은 이제야 겨우 달리기에 조금 익숙해지고 있는 상황, 무투술은 배워 보지도 못했다.

"각자 가진 역량은 다르니까요. 충분히 영감을 얻었어요. 제 메모라이징으로도 가능할 것 같아요."

리리아가 다프네를 쳐다본다.

"그것보다 이 녀석은 다른 걸 말하고 싶은 거다."

"무슨……?"

"비록 익히진 않더라도 검술을 연구할 필요성."

"아…….."

무기의 종류별 특성, 검술에 대한 전반적인 이해도, 투기 분석법 등.

루인의 말을 곰곰이 씹어 보면 검술을 모르는 상태에서는 결코 대응이 불가능한 연계 마법이었다.

"무투술의 뼈저린 필요성도 있지."

열기로 끈적거리는 시론의 눈빛.

스펠을 외우는 시전 시간 중간중간에 펼쳐지는 루인의 무투술은 절대적인 효과를 발휘했다.

마치 마법사의 모든 단점이 상쇄되는 느낌.

거기에 즉각적으로 마법을 바꿀 수 있는 헤이로도스의 술식 변환까지 활용되자 정말 말도 안 되는 효율적인 전투를 구현하고 있었다.

하나의 예술을 접한 것만 같은 심정.

그때 조심스러운 슈리에의 목소리가 들려왔다.

"와 그런데 정말 대단한 스태미나네요. 왜 야생마라 불리는지 알겠어요."

그라간은 정말 포기를 몰랐다.

시퍼렇게 부은 허벅지, 극심한 고통에 서 있기조차 힘들어 보이는데도 그는 끝까지 필사적으로 일어났다 쓰러지기를 반복하고 있었다.

루인이 피식 웃었다.

"저 녀석은 제로에 근접한 마찰 계수가 무슨 장난인 줄 아나. 힘과 투기, 체술만으로 그리즈 필드를 극복하려 들다니."

이내 다프네를 바라보는 루인.

"다프네, 네가 저 녀석이라면 어떻게 할 거지? 마법은 안 돼."

다프네의 입에서 즉각적인 대답이 흘러나왔다.

"아무리 마찰 계수가 제로에 가까워도 정지된 물체, 그리고 무거운 중검은 순간적으로 안정을 도모할 수 있어요. 그리고 검의 상단보단 가죽이 덧대어져 있는 손잡이를 활용하면—"

씨익.

"그래. 저렇게 허우적거리면서도 검을 밟고 도약할 생각조차 하지 못하는 놈들. 그게 바로 기사들이다."

자빠져 턱으로 주르르르 밀리면서도 그라간은 그런 루인의 말을 똑똑히 듣고 말았다.

수치심과 분노, 모멸과 자괴감이 어우러진 그라간의 처참한 얼굴.

여기서 저 찢어 죽일 주문쟁이의 말대로 검을 밟고 도약한다면 더욱 수치스럽겠으나.

안타깝게도 방법이 없었다.

부들부들.

그렇게 그라간이 악착같이 깨문 입으로 검을 바닥에 버렸을 때.

우우우웅-

나직한 공명음과 함께 그리즈 필드가 사라져 버렸다.

"······."

모든 비대한 근육들이 파들파들 떨리기 시작한다.

눈앞의 모든 것을 부수고 싶은 분노가 그의 머릿속을—

"그렇다고 진짜로 버릴 줄은 몰랐군. 검을 버리는 기사는 정말 오랜만이야."

툭—

뭔가가 끊어졌고.

검도 회수하지 않은 채 루인을 향해 짓쳐 드는 그라간.

이성이 날아간 듯한 엄청난 괴성이 삽시간에 훈련장을 집어삼킨다.

"개— 싯파아아아알— 새끼야—!"

하얗게 까뒤집힌 눈.

루인이 무심하게 한마디를 내뱉었다.

"이 단계에서는 마법도 필요가 없다."

순간, 루인의 모습이 잔상을 남기며 사라졌고.

빠아아아아악!

이게 정말 사람을 때린 소린가 싶은 찰진 타격음이 훈련장을 가득 메우자.

"어우! 씨!"

소름이 돋는다는 듯 기겁한 표정의 시론.

퍼퍽! 퍼퍽! 퍼퍼퍼퍽!

일정한 리듬의 박자, 묘하게 규칙적으로 들리는 타격음에 왠지 모를 이상한 쾌감이—

빠아아아아악!

"어우! 씨!"

"와 씨!"

뭔가 시원한 기분, 묵은 체증이 내려가는 듯한 묘한 박자감에 절로 어깨가 들썩이는 생도들.

사람을 때리는 소리가 이렇게 강렬한 쾌감을 일으키다니?

빠아아아아악!

"어우! 씨!"

"와! 난 더 못 보겠어요!"

"죽은 거 아니에요?"

"저, 저렇게 맞았는데도 쓰러지지 않아! 이게 야생마의 스태미나인가?"

〈마, 마법사가 되길 잘했어!〉

하지만 황혼의 야생마에게도 한계는 있었다.

빠아아아아악!

시론의 어깨가 또다시 들썩거렸을 때.

그라간의 육중한 동체가 천천히 기울어진다.

루인이 특유의 무감한 표정으로 손에 묻은 피를 털어 낼 무렵.

"그라아가아아아안!"

"선배니이이임!"

비명을 지르며 달려오는 황혼의 기사 생도들.

세베론이 새삼 루인을 괴물처럼 바라보고 있었다.

"이건 무투술이나 마법 따위의 문제가 아니야."

"이, 인간의 심리전이 아니다."

루인.

저 녀석은 한창 꿈 많은 시기의 기사 생도가 어떤 행동과 말에 상처받을 수 있는지 손바닥 들여다보듯 꿰뚫고 있었다.

모든 대사와 행동 하나하나, 거기에 절묘하게 맞아떨어지는 마법들, 그 일련의 적재적소가 소름이 돋을 지경.

분명 저 그라간은 자신이 지닌 역량의 절반의 절반도 펼치지 못했을 것이다.

그런 충격이 지켜보던 생도들이라고 다를까.

물론 충격의 결은 좀 달랐다.

기사 생도들에겐 일종의 자괴감과 분노, 반면 마법 생도들에겐 십 년 묵은 체증이 씻겨 내린 듯한 통쾌함이었다.

워메이지가 이토록 대단한 마도(魔道)였다니!

"너, 너희들! 모두 죽여 버리겠다!"

"전쟁! 전쟁이다! 이 새끼들아!"

포효하는 황혼을 대표하는 두 랭커가 피떡이 되어 버린 상황.

황혼 그룹의 명성은 이제 나락이나 다름없었다.

더 이상 잃을 것이 없었던 그들은 모두 한마음으로 상처 입은 야수와 같은 눈빛을 하고 있었다.

그런데 그때.

"현 시간부로 우리 '꿈꾸는 불새의 둥지'는 '열망하며 은둔하는 목소리' 그룹과 연합을 선포한다."

"뭣!"

"이! 이! 시뻘건 닭 모가지 놈들!"

"닥쳐라! 누린내 근육!"

갑작스럽게 등장한 홍염의 파수꾼, 에덴티아가 황혼의 덩치들과 치열하게 눈싸움을 벌이자.

"그만그만! 이놈들! 모두 퇴교당하고 싶은 게냐!"

"양쪽 다 멈춰요! 기사 생도들! 마법 생도들! 당장 서로 물러나세요!"

달려온 교수들이 다급하게 중재하고 나섰고.

대치 상태의 중심에서 무등위 생도들이 얼떨떨한 표정으로 떨고 있었다.

"야이…… 이게 맞냐?"

"일단 연합이라니까 우리도 저쪽으로 가요!"

"마, 맞아! 그게 좋겠어!"

이건 마치 폭풍전야, 멸망 직전의 혼돈.

그때, 기사 생도들의 무리가 썰물처럼 갈라지며 여지없이 아카데미의 지배자가 나타났다.

랭크 1위의 이명 생도, 뇌전의 기사 브홀렌이 목소리의 생도들을 훑어보며 미간을 구겼다.

"너희들을 어떡하면 좋지?"

대답이 가능할 리가 없었다.

목소리 생도들은 이 모든 일의 원흉인 루인을 시선으로 가리켰다.

인상을 쓰며 뒷머리를 긁적이던 브홀렌이 교수들을 향해 예를 갖췄다.

"생도들의 일입니다. 불상사가 일어나지 않게 제가 알아서 잘 처리할 테니 여러 교수님들께서는 염려하지 않으셔도 됩니다."

"그, 그래 주겠나?"

"하이렌시아가의 명예를 걸고 잘 마무리하겠습니다."

"흠흠……."

브홀렌이 나선 이상 믿을 수 있었다.

교수들이 멀어지자 브홀렌이 루인을 응시했다.

"어이 후배."

"말해."

어처구니가 없어서 말도 나오지 않았지만 억지로 화를 가라앉히는 브홀렌.

"너희들 꼭 훈련장을 계속 써야 되겠나?"

루인의 감정 없는 무심한 눈빛만으로도 브홀렌은 대답을 들을 수 있었다.

브홀렌이 황혼의 기사 생도들을 불렀다.

"어이, 너희 황혼."

"……말씀하십시오."

악다문 입, 이글거리는 눈빛의 주인공은 서열 24위에 랭크된 르카스였다.

"너희들, 앞으로 피의 결속자 그룹과 함께 제3훈련장을 써라. 그 녀석들에게도 내가 말해 둘 테니."

"서, 선배님!"

"시끄러. 번복은 없다."

"절대로 받아들일 수 없습니다!"

짜증을 내는 브홀렌.

"훈련장 하나쯤은 마법학부에게 양보할 수 있잖나? 그동안 비정상적으로 누렸으면 양보할 줄도 알아야지."

"애초에 주문쟁이들에겐 필요 없지 않았습니까!"

"이제 필요하다고 하잖나? 그동안 네놈들 너무 설친다 싶었는데 꼴좋게 됐지."

"제발! 선배님!"

"닥쳐라. 그럼 뭐 마탑의 늙은이들하고 전쟁이라도 할 건가?"

"……."

"한마디만 더 하면 내 권위에 불복한 것으로 간주하고 합당한 처결을 내리겠다."

결국 르카스는 고개를 떨구고 말았다.

"그리고 너."

루인이 브홀렌의 복잡한 시선을 담담히 마주했다.

"정당한 결투였다."

지끈거리는 관자놀이를 매만지는 브홀렌.

저 건방진 대사를 또 듣게 될 줄이야.

"네게 한 달간의 근신을 명한다."

"근신?"

루인의 고개가 기이한 각도로 꺾어졌다.

"그 빌어먹을 결투를 한 달간 금지한다는 뜻이다."

어이가 없다는 듯이 웃고 있는 루인.

이 왕립 아카데미에서 이런 어처구니없는 일까지 벌어지고 있을 줄이야.

생도가 같은 생도에게 처결을 운운하고 근신을 명령하는 이 미쳐 버린 상황을 루인은 도저히 받아들일 수 없었다.

"장난 같은 서열 놀이도 우습기 짝이 없는데 그것도 모자라 생도가 같은 생도를 심판하는 문화라. 너희들 죄다 미쳐 버린 것이냐?"

"뭐……?"

"무슨 왕립 아카데미가 아니라 슬럼가를 만들어 놓았군. 이건 아카데미의 문화나 전통이라고 말할 수 있는 수준이 아니다 기사. 아, 예우할 가치도 없겠군."

어두운 광기로 비틀리는 입매.

마치 무생물을 바라보는 듯한, 모든 감정을 비운 그런 비웃음이었다.

나이에 비해 대단하다고 여겼던 처음의 만남과는 달리, 브홀렌에게 무가치를 판정한 것이다.

"설마 네놈의 그 알량한 특권은 렌시아가의 방계, 니스할가(家)의 권력에서 비롯된 것인가?"

순간, 브홀렌의 표정이 일변한다.

한없이 투명하게 가라앉은 눈.

니스할가의 권위와 명예가 모욕을 당했다.

더욱이 이런 공개적인 장소에서 렌시아가를 하이(High)로 예우하지 않은 건 매우 위험천만한 행동이었다.

"너, 죽을 수도 있다."

씨익.

"왜지? 네놈의 가문을 모욕해서? 아니면 이 배움의 성역을 한낱 슬럼가로 만들어 버린 렌시아 놈들을 예우하지 않아서?"

순간.

본능적으로 뒤로 물러나는 브홀렌.

거대한 공포의 권위, 대마도사의 분노와 지배력이 모든 것을 집어삼키고 있었다.

"근신을 거절한다. 이후 이 일로 또다시 나를 찾아올 시."

악마처럼 일그러지는 미소.

"내 세 번째 결투 상대는 네놈이다. 그리고 그땐—"

아카데미에 또 하나의 절대언령이 헌신한다.

〈반드시 네놈을 죽일 것이다. 그 일에 내 이름을 걸어 주마.〉

단지 한마디의 말일 뿐이었다.

더없이 간결한, 어떤 해석도 의미도 덧붙일 수 없는 단순한 문장.

그러나 알 수 없는 두려움이 솟구쳐 온 마음이 울렁인다.

간질이는 듯한 전율이 척수를 타고 온몸에 체액처럼 차오른다.

그것은 훈련장에 모인 모두가 느끼는 감정.

시뻘건 형벌의 낙인처럼, 모든 감정의 방어막을 붕괴시키며 스며드는 전율적인 공포였다.

대마도사가 이름을 건다는 것.

루인의 절대언령, 그 전율의 선언은 차라리 심판에 가까웠다.

생도들이 느끼고 있는 건 인류 연합의 초인들을 이끌던 절대자의 단면.

대마도사의 초월적인 자아, 그 치열하고 악착같은 삶의 흔적이었다.

그런 전율이 너무 충격적이라, 생도들은 마법의 전설적인 경지인 절대언령을 인식조차 하지 못하고 있었다.

브홀렌이 두 눈에 당황한 감정을 잔뜩 드러냈다.

"……날 죽이겠다고?"

"먼저 내 목숨 운운한 건 네놈이었다."

전생의 동료들, 그 고귀한 영혼들을 갑주처럼 두르고 있는 자신에게 감히 죽음을 입에 담았다.

수도 없는 죽음으로 낡아 풍화된 영혼.

동료들의 염원을 등에 이고, 악착같이 살아가는 이의 삶을 모욕했다.

그렇게 가볍게, 그렇게 아무렇지도 않게 자신의 생명을 모독한다는 것.

그것은 멸망 속에 죽어 간 모든 이들의 절망을 다시 짓밟는 짓이었다.

루인은 자신의 죽음을 함부로 말하는 이를 절대 용납할 수 없었다.

"너…… 정말 감당할 자신이 있나?"

루인이 웃었다.

어느 때보다 투명한 눈빛, 감정 한 올 담겨 있지 않은 그 삭막한 조소는 완벽한 무의미만 그리고 있을 뿐이었다.

"네놈의 모든 것을 동원해도 좋다. 렌시아가의 직계 기사를 대전사로 데려와도 받아들이지. 가문의 권력을 이용하거나 협잡을 해도 좋다. 여론으로 선동을 하든 어쌔신을 동원하든 할 수 있는 건 다 해."

"……."

마치 무슨 짓을 한다 해도 자신을 어떻게 할 수 없을 거라는 말로 들린다.

당황스럽다 못해 사고가 더 이상 이어지지 않을 지경.

필사적으로 감정을 다스리던 브홀렌이 다시 루인을 노려본다.

"대체 넌 뭘 믿고 그러는 거지?"

천재적인 마법사라는 건 받아들일 수 있었다.

무등위 단계에서 이 정도 실력을 뽐낸 녀석이라면 후일 엄청난 마법사가 될 수도 있을 테니까.

그러나 자신은 하이렌시아가의 방계.

가문의 명령, 아니 하이렌시아가의 의지가 아니었다면 아카데미 따윈 입학하지도 않았을 것이다.

브홀렌에게 아카데미는 여흥이었다.

이대로 수석으로 졸업한다면 최소 왕립 기사단, 전공과 공훈을 착실하게 쌓아 나간다면 중규모 기사단의 단장 정도는 보장되어 있는 삶.

천운이 닿아 렌시아가의 직계 성을 미들네임으로 하사받기라도 하는 날엔, 웬만한 왕족 부럽지 않은 지위와 권력을 누릴 수도 있을 것이다.

그런 자신을 아카데미의 모든 생도들이 두려워하고 어려
워했다.

자신은 하이렌시아가의 후원 생도 따위가 아니었으니까.

다음 세대의 기사들을 이끌 니스할가의 후계자.

이 나라 마법의 최고라는 현자조차, 하이렌시아가의 권력
앞에서만큼은 움츠러들기 마련.

아무리 실력이 뛰어나다지만 무등위 생도, 그것도 귀족조
차 아닌 놈이 대체 무슨 자신감으로 이렇게까지 할 수 있는
거지?

그때.

"쿡! 대단한 무등위 생도군요. 아아, 브홀렌 님도 잘 지내
셨죠?"

브홀렌의 뒤편에서 과장된 포즈로 등장한 작은 키의 기사
생도.

브홀렌의 미간이 구겨졌다.

"……비스토?"

랭커가 아님에도 이명을 지닌 녀석들이 있었다.

늘 광대처럼 모호하게 웃으며 나타나 분란을 일으키는 '교
활한 삐에로.'

비스토가 우스꽝스러운 표정으로 킬킬거리더니 더욱 괴이
하게 웃기 시작했다.

"아하하하하하! 이 몸이 이런 재미있는 일에 끼지 않을 수가

없잖아요? 이걸 어떻게 참아? 못 참지."

"……재수 없게 굴지 말고 꺼져라."

비스토가 가볍게 무시하고선 루인을 이리저리 살피기 시작했다.

"굉장해! 저 무시무시한 브홀렌을 이렇게까지 모욕할 수 있는 남자라니! 칼날 지배자, 그는 신인가?"

루인 일행은 갑자기 등장해 광대처럼 날뛰고 있는 비스토보다 훈련장에 모인 생도들의 반응이 더 신기했다.

그가 등장하자마자 생도들은 마치 오물을 보는 듯한 표정을 지으면서 재빨리 흩어지며 훈련장을 떠나고 있었다.

그것은 루인을 이글거리는 눈으로 바라보던 황혼의 기사 생도들조차 마찬가지였다.

한데 더 미스터리한 것은 바로 브홀렌의 반응.

"내가 다 잘못했다. 그냥 좀 가 주면 안 되겠나?"

"뭐래 미친놈이."

오싹!

시론과 생도들의 표정이 일변했다.

헤실거리던 선량한 얼굴이 순식간에 악마처럼 일그러진 것.

이건 마치 가슴이 철렁 주저앉는 느낌.

사람이 풍기는 기질이 어떻게 이렇게 갑자기 변할 수가 있는 거지?

"간만에 흥밋거리가 생겼는데 방해하지 마. 용서하지 않을 거야."

브홀렌이 한참이나 선 채로 인상을 구기더니 루인을 응시
했다.

"나와 내 가문의 명예를 모욕한 죄는 다음에 묻겠다. 기다
리도록."

시론이 브홀렌의 뒷모습을 멍하니 바라본다.

저 아카데미의 지배자, 뇌전의 기사 브홀렌이 이런 수모를
겪고도 그냥 가 버린다고?

자연적으로 루인 일행의 시선이 비스토에게 모일 수밖에
없었다.

"히끅! 저 눈빛! 아까 전에도 느꼈지만 정말 지려 버리겠
소! 아아, 대체 당신은 어떤 삶을 견뎌 냈기에 이런 비감한 눈
빛을 지닐 수 있단 말인가! 나는, 나는 모르겠어!"

1인 2역의 희극, 서로 다른 인격을 연기하는 듯한 비스토
의 행동.

루인이 그런 광기로 반짝이는 비스토의 두 눈을 응시했다.

"넌 교활한 삐에로로군."

그제야 생각난 듯 생도들의 눈빛이 일변했다.

"아……!"

"에덴티아 선배가 말했던 그……?"

에덴티아는 오히려 랭커급의 강자보다 이 비스토를 가장
조심해야 한다고 내내 침이 마르도록 경고했었다.

비스토는 저주 그 자체.

그와 엮이면 병이 생기고, 성적이 나빠지며, 가문에 우환이 찾아든다.

그의 관심을 받는 생도는 모두 그런 미스터리하고 괴상한 불운을 겪게 되는, 왕립 아카데미의 이니그마(Enigma).

모든 환멸과 따돌림을 무색하게 만드는 역병과도 같은 존재.

혹시라도 눈이 마주치는 날엔 반드시 신전에 기도를 드리러 가게 만든다는 아카데미의 살아 있는 재앙.

"저, 저 유적 동굴로 먼저 가 볼게요."

"나, 나도다!"

씨익.

"이미 끝났어. 머저리들아."

재앙의 이니그마가 잔인하게 웃고 있다.

생도들의 얼굴이 동시에 암담한 빛으로 물들었다.

"아아……."

"이제 우리 어떡해요……."

하지만 루인은 오히려 그런 비스토를 더욱 직시하며 미묘한 미소를 짓고 있었다.

"그렇지 않아도 궁금했었다."

"우와! 정말? 날? 궁금하면 100리랑!"

우스꽝스러운 광대처럼 방방 뛰고 있던 비스토는 이어진

루인의 말에 놀라운 속도로 표정이 굳어 버렸다.

"특이하군. 놈들이 마법사가 아닌 인간에게도 탐욕을 부릴 수도 있다니. 영혼 자체가 특별한 건가?"

"응?"

"처음엔 반쯤 미쳐 버린 '존재 숭배자'라고 생각했는데 직접 보니 확실해졌다."

"무슨 확실? 아하하하! 너? 이상하게 뭔가 아는 척한다?"

루인이 피식 웃으며 비스토가 은밀하게 펼치던 저주의 장막을 걷어 냈다.

"이, 이게! 뭐, 뭐야!"

혼비백산하며 뒤로 물러나는 비스토.

루인에게서 뿜어져 나온 힘은 마력이나 투기 같은 것이 아니었다.

알 수 없는 미지의 완력, 설명할 수 없는 강대한 힘.

아무런 저항 없이 장막을 걷어 낼 수 있는 인간은 그로서도 처음이었다.

"이 정도 수준의 권능이라면 아직 영혼 섭식(靈魂攝食)을 당하기 직전이군."

"여, 영혼 섭식? 그게 뭐야?"

"뭘 약속받은 거지? 힘? 영생? 그것도 아니라면 소환?"

"헐……!"

점점 뒷걸음질 치는 비스토.

"놈이 장난처럼 내민 작은 권능에 취해, 본인이 처한 상황을 파악하지도 못한 미욱한 녀석이군. 아직도 네가 놈의 계약자로 착각하고 있는 건가?"

"뭐, 뭐야 너? 어떻게 그런 걸 다!"

그때.

주변 풍경이 물결처럼 일그러진다.

"어!"

"루인!"

시론이 다급히 루인을 불러 본다.

"저주가 아니라 마법이에요! 루인 님의 마력!"

"휴…… 난 또."

외부에서 볼 수 없도록, 일정 범위의 공간에 착시 현상을 일으키는 시야 교란 마법.

거기에 추가적으로 중급 침묵 술식 사일런트 방벽까지 덧씌운다.

융합 마력을 떨쳐 내던 루인이 다시 비스토를 응시했다.

< 나와라. >

루인의 절대언령이 결박처럼 비스토의 영혼을 옥죄고 있었다.

소스라치게 놀란 비스토가 저주의 힘을 끌어올리며 격렬

하게 저항했으나.

"아, 아악! 아아악!"

보이지 않는 극한의 공포, 그 고고의 권능 앞에서는 아무것
도 소용이 없었다.

〈나오지 않으면 네 혼주(魂珠)를 부수겠다.〉

"호, 혼주?"

감정이 결여된 표정, 인간성조차 희미해진 루인의 두 눈은
더 이상 비스토를 향하지 않았다.

루인이 보고 있는 건 비스토의 영혼, 그 너머의 것.

**〈마지막 경고다. 혼주를 부수면 무슨 일이 일어날지는 잘
알고 있겠지?〉**

그 순간.

"끄아아아악!"

머리를 움켜쥔 채 처참한 비명을 지르며 쓰러지는 비스토.

자신의 머리를 뚫고서 뭔가가 나오려고 하는 난생처음 겪
는 감각에 극한의 공포를 느끼고 있는 것이다.

스스스스스-

자욱한 자줏빛 안개처럼 기화된 무언가가 비스토의 머리

에서 뿜어져 나온다.

형상이라고 부르기도 뭐한, 지독한 부정형의 존재가 천천히 모습을 드러내고 있었다.

자신에게서 토해져 나온 무언가를 망연자실한 얼굴로 쳐다보는 비스토.

소름 돋게 물결치며 지독한 기운을 뿜어내고 있는 자색의 존재는 마치 인간처럼 놀라고 있었다.

〈인간, 도대체 넌 정체가 뭐지?〉

루인은 여전히 무감한 눈빛으로 상대의 기질만을 살필 뿐 가타부타 말이 없었다.

곧 탐색을 마침 루인의 입매가 기이한 굴곡으로 비틀리기 시작했다.

"광염(狂炎) 지대를 활보하는 놈들이 풍기는 열광의 기운이군. 에오세타카의 권속인가?"

〈뭐……?〉

인간이 어떻게 에오세타카 님을 아는 거지?

게다가 그 아득한 공포의 진명을 입에 담으면서도 아무렇지도 않다는 것이 더욱 놀라웠다.

피식.

"차라리 생명력을 섭식하는 놈들이 정상적으로 보일 지경이군. 인간을 속이고 감히 영혼 섭식을 시도하다니. 이런 간교한 놀음을 언제부터 해 온 거지?"

〈도대체 넌 누구냐!〉

"루인이다."

〈루인?〉

츠츠츠츠츠-

또 하나의 지독한 형상이 허공에 맺히기 시작한다.

앞선 부정형의 존재와는 달리, 뚜렷한 형태와 고유의 권능을 고스란히 인간계에 현신할 수 있는 마계의 위대한 마신이었다.

〈다, 당신은!〉

〈클클클! 썩은 벌레야. 에오세타카는 어디서 숨어 지내고 있느냐?〉

썩은 벌레?

부정형의 존재, '아므카토'는 자신을 그렇게 부르던 유일한 존재가 떠올랐다.

〈쟈, 쟈이로벨?〉

광염 지대를 멸망으로 이끈 절대자.

마신 에오세타카 님을 만 년 이상 숨어 지내게 만든 혈우 지대의 정복 군주.

〈오랜만이다 썩은 벌레.〉

공포가 더 큰 공포 앞에서 떨고 있었다.

쟈이로벨.

마계의 일곱 권역을 다스리는 마신들 중 포악하고 잔인하 기로는 둘째가라면 서러워할 극악무도한 마신.

서풍 지대의 군주 므드라에게 패배하기 전까지만 해도 그 는 '대마신'의 칭호에 가장 근접했던 절대자.

그런 무자비한 마신이 눈앞에서 괴기스럽게 웃고 있었다.

아므카토에게서 실성한 듯한 마계의 언어가 터져 나온다.

〈Ṅẟ ʜῌ ῌᴧἰℰᵹ……〉

그것은 살아남기 위해 즉각적으로 튀어나온 경배.

영혼 섭식을 위한 재물, 고작 유희 따윈 이제 문제가 아니었다.

그의 비위를 거스른다면 마계의 진마체가 소멸할 수도 있는 위험천만한 상황.

지금도 마신 쟈이로벨의 휘하들은 에오세타카 님의 권속을 발견하는 족족 소멸시키기에 혈안이 되어 있었다.

대마신 므드라에게 당한 수모를 죄다 광염 지대에 풀고 있는 것이다.

마계의 머나먼 외각을 떠돌고 있는 자신의 주인 에오세타카 님이 오늘따라 눈물 나게 그리웠다.

〈 **인간계라 네놈의 썩은 냄새가 나지 않아서 좋군. 한데 못본 사이에 제법 간이 커졌구나. 영혼 섭식을 '존재'들에게 들키면 어쩌려고? '율(律)'을 처맞고 싶은 게냐?** 〉

〈그, 그게……〉

〈 **이런 위험을 감수한다는 건 역시 격(格)을 올리고 싶은 거겠지?** 〉

광염 지대의 군주, 에오세타카의 열광(熱光)을 기대할 수 없는 상황.

주인에게서 멀어진 권속들은 날이 갈수록 고유 권능이 옅어질 수밖에 없었다.

그러므로 그들이 격을 상승하기 위해 선택할 수 있는 방법이란 영혼 섭식이 유일.

지금 이 마장 아므카토는 '벌레왕'의 격을 한계까지 끌어올려 진정한 마왕을 꿈꾸고 있는 것이다.

"그건 네놈도 마찬가지 아니냐?"

쟈이로벨이 휙 하고 루인을 쳐다본다.

〈뭐?〉

피식.

"인간의 생명력을 쪽쪽 빨며 버틴 네놈도 므드라한테 뚜들겨 맞아 쓰린 마음 달래려던 몸부림이잖아? 내가 볼 땐 네놈이나 저 악취 벌레나 전혀 다를 게 없다."

〈다, 닥쳐라!〉

"므드라가 마계 제왕."

〈이, 이 개같은 놈이—!〉

"어, 날개 뜯기고 도망간 놈."

그 광경을 묘하게 바라보는 아므카토.

그로서는 도저히 이해할 수 없는 광경이었다.

인간이 위대한 마신을 조롱하는 것도 터무니가 없는데.

그런 엄청난 일을 당하고도 숙주를 제압하지 않는 쟈이로 벨의 반응이 너무 비현실적이었던 것.

결코 마계의 위대한 존재와 숙주 사이라고는 볼 수 없는 괴이한 광경이었다.

'종속의 계약'을 맺었다면 인간의 영혼쯤은 가벼운 의지만으로도 짓뭉갤 수 있는데 도대체 왜?

그런 해석되지 않는 인간 놈이 갑자기 또 자신을 노려봤다.

"말해 봐. 너 같은 하급 마족들이 얼마나 많이 인간계를 떠돌고 있는 거지?"

〈하, 하급……?〉

눈앞의 마신과 비교가 돼서 그렇지 마장(魔將)은 수천만 마졸을 거느린 고위 마족이다.

그런 마장인 자신을 감히 하급 마족이라 깔보는 인간 놈이라니!

쟈이로벨의 숙주만 아니었다면 무리를 해서라도 놈의 육체를 진마력으로 갈기갈기—

"감히 악의를 드러내?"

루인이 투명한 눈으로 걸어가더니 주저앉아 떨고 있는 비스토의 머리를 움켜쥐었다.

벌레왕 아므카토는 그대로 굳어 버렸다.

혼주가 외부 요인에 의해 소멸된다면 최소 수천 년은 인간계에 갇히게 된다.

마계의 은밀한 비처에서 마고수면(魔枯睡眠)에 빠져 있는 자신의 진마체가 수천 년 동안 무방비 상태가 되는 것이다.

〈자, 잠깐!〉

"본인의 처지를 알았으면 제대로 굴어. 이제 경고 따윈 없을 거야."

〈함께 온 마장들이 있다!〉

"몇 마리나 되지?"

〈마, 마리…….〉

감히 마계의 고위 마족에게 짐승을 세는 단위를 갖다 붙이다니.

하지만 놈이 혼주를 쥐고 협박하고 있는 이상, 저 마신이 노려보고 있는 이상 아무것도 할 수 없었다.

〈대충 스물 정도다.〉

루인이 금방 인상을 구겼다.

제법 많은 숫자.

열광의 마장들이 스무 마리나 인간계에 흩어져 숙주를 옮겨 다니고 있다면 그 휘하 마군들의 숫자는 물어보지 않아도 뻔했다.

최소 수천, 어쩌면 수만의 마군들.

인간계에게 온갖 나쁜 영향을 끼치며 탐욕을 완성해 나가고 있을 놈들을 생각하니 루인은 피가 거꾸로 솟는 심정이었다.

그때.

〈잠깐, 좋은 방법이 생각났다.〉

루인이 쟈이로벨의 강림체를 응시했을 때 그의 영언이 다시 흘러나왔다.

〈네 전생의 악제가 진실로 발카시어리어스(Balka serious)님의 계약자라면 인간계에서 활동하고 있는 마족들에게 반드시 영향을 끼칠 수밖에 없다.〉

루인은 그 말만 듣고도 곧바로 쟈이로벨의 의중을 헤아렸다.

"호오…… 과연 발카시어리어스의 신마력이라면……."

마군들이라면 악제에게서 흘러나온 신마력을 느끼지 못할리가 없다.

태초의 어둠, 대악신의 계약자라는 걸 알아본 이상, 결국 놈들은 어쩔 수 없이 악제의 제안을 따를 수밖에 없을 것이다.

물론 그중에서 아예 협력자가 나올 확률도 높았다.

〈그래. 이놈의 동료를 통한다면 그 악제란 놈과 연관된 인간들의 정보를 파악할 수 있겠지.〉

루인이 여전히 비스토의 머리, 아므카토의 혼주를 쥔 채로 비릿한 미소를 머금었다.

"우릴 도와줄 수 있겠지?"

〈…….〉

"약속하지. 너희 에오세타카의 권속들을 더 이상 사냥하거나 소멸시키지 않는다고."

쟈이로벨은 황당하기 그지없었다.

〈뭣? 내가 언제? 난 그런 약속을 한 바가 없다!〉

"수하들에게 의지를 전하는 것쯤은 할 수 있잖아. 놈들에게 전해. 열광 놈들을 더 이상 사냥하지 말라고."

〈대체 내가 왜 그래야 하는 거냐? 그렇게 해서 내가 얻는 이득이 뭐가 있다고!〉

"그럼 하지 말든가."
쟈이로벨의 강림체.
그의 표정이 마치 인간의 그것처럼 미묘하게 일그러지고 있었다.

〈그, 그렇지 않아도 내가 공석인 상황이다! 마군들의 사기를 유지하는 것만으로도 벅찬 판국에 어떻게 내가 그런 멍청한 명령을……!〉

내부의 불만을 외부의 적으로 해결하려는 습성은 인간이나 마족이나 똑같은 모양.
쟈이로벨이 자신의 군단에게 사냥을 중단시킨다면 쌓인 불만이 어디로 터져 나갈지 예측조차 할 수 없는 것이었다.
"그럼 얘기나 꺼내지 말든가."

아니 도대체 왜 그게 그렇게 연결되는 거지?

자신은 악제의 뒤를 캘 방법론을 이야기했지 저 썩은 벌레 놈에게 내밀 당근까지 함께 제시한 건 아니었다.

〈지금도 내 권속에서 탈주하려는 수하 놈들이 제법 있다······ 이런 상황에서 꼭 나한테 이래야만 하는 것이냐?〉

저 무시무시한 강림체로 인간처럼 울 것만 같은 표정을 지을 수 있다는 것이 아므카토는 놀랍기만 했다.

"마족 놈들에게 단순한 협박이 통할 리 없다는 걸 네놈이 가장 잘 알 텐데."

사람조차 이득 없이는 가슴이 움직이지 않는 법이거늘.

당연히 그 간악하고 교활한 마족들이야 더 말할 가치도 없었다.

마족이라면 신물이 나도록 경험한 루인으로서는 이 방법밖에 없다고 판단한 것.

〈제길! 제기라아아아알!〉

루인이 흐뭇하게 웃더니 다시 아므카토를 응시했다.

"봤지? 이제 너희 열광 놈들은 사냥에서 자유로워졌다."

〈 ……. 〉

모든 것이 의문투성이인 인간.

혈우 지대의 군주이자 위대한 마신의 격을 이룬 쟈이로벨을 아이처럼 다루는 것도 그렇고.

마계의 대악신 발카시어리어스 님의 존재를 아는 것을 넘어 그분의 계약자, 그분의 신마력까지 운운한다.

무엇보다 미스터리한 건 마신 쟈이로벨이 저 인간 놈의 '전생'을 운운했다는 것.

그럼 저 인간 놈이 무슨 인생 2회차라도 된다는 뜻인가?

"그리 어려운 계약도 아니지 않느냐? 그냥 발카시어리어스의 신마력을 풍기는 인간이 나타난다면 그 사실을 내게 알려주기만 하면 된다."

사실 루인의 말대로 계약이랄 것도 없는 일.

고작 이만한 일을 들어주고 정말로 혈우(血雨)의 권속들이 광염 지대에서 사냥을 멈춘다면 이보다 더한 이득은 없었다.

한 차례 쟈이로벨을 스윽 훑던 아므카토가 긍정으로 영언했다.

〈 이 계약. 아므카토의 진명으로 이행하겠다. 〉

마족이 자신의 진명을 걸었다는 건 본인이 소멸하지 않는 이상 반드시 약속을 지키겠다는 의미.

자신의 이름을 거는 일에 각별한 감정을 느끼는 루인 역시, 마신과 오래도록 가깝게 지내다 보니 자연스럽게 그런 성향이 굳어진 것이었다.

"좋아."

루인이 잡고 있던 비스토의 머리를 놓아주자 아므카토는 또다시 마계의 언어를 늘어놓았다.

〈ӿꙆӕꝺѳѷoyoyㅎ…….〉

쟈이로벨이 아므카토의 인사를 무시하며 루인의 영혼 속으로 다시 들어가 버렸다.

아므카토 또한 비스토에게 스며들자 루인이 시야 교란 술식과 침묵 술식을 걷어 냈다.

주저앉은 채 멍한 표정으로 루인을 올려다보는 비스토.

루인이 싸늘하게 웃었다.

"지켜봤으면 대충 돌아가는 상황을 짐작할 수 있겠지."

아므카토와 계약한 비스토는 지금까지 세상을 살아가는 데 거침이 없었다.

마음에 안 들거나 자신을 곤란하게 하는 놈이 있다면 저주로 모든 것이 해결됐다.

아므카토가 자신에게 건넨 권능은 신비롭기 짝이 없었다.

'영혼 제압'과 극한의 불운을 일으키는 '저주'.

이 두 가지 권능만으로 비스토는 모든 세속적인 제약으로부터 자유로울 수 있었다.

그러므로 자신을 전능하게 만들어 준 아므카토를 오래도록 숭배했다.

이름만 들어도 소스라치는 공포로 온밤을 지새우게 만들던 영혼의 주인.

한데 그렇게 아득하고 두렵기만 한, 그 절대적인 아므카토가 저 루인 앞에서 아이처럼 공손해졌다.

거기에 루인의 입에서 쉴 새 없이 터져 나오던 엄청난 비밀들.

그런 미지의 세계, 미증유의 절대자들을 관찰한 비스토는 더 이상 루인을 사람처럼 대할 수 없었다.

곧바로 꿇어앉아 버린 비스토.

"제, 제가 뭘 어떻게 하면—"

루인이 고아하게 웃는다.

"하던 대로 해라. 네놈의 권능을 계속 활용하든 말든 난 일체의 상관도 하지 않겠다."

"……정말이십니까?"

"그래."

썩을 대로 썩어 버린 이 에어라인 아카데미에 이런 재앙의 이니그마가 하나쯤 있는 것도 나쁘진 않았다.

1위의 랭커인 브홀렌조차도 이 비스토를 두려워하는 마당.

주제도 모르고 폭주하고 있는 이명 생도들을 견제할 수 있는 유일한 수단으로 작용해 온 것이다.

"단, 아므카토가 날 대면하고 싶다고 할 땐 언제든지 내게 달려와야 한다. 내가 바라는 건 그것뿐이야."

"아, 알겠습니다!"

몇 번이고 고개를 바닥에 처박던 비스토가 재빨리 몸을 일으켜 멀어졌다.

시야 교란 마법이 사라졌을 때부터 루인 일행이 그 과정을 고스란히 지켜보고 있었다.

"대체 저 녀석! 이번엔 또 무슨 짓을 한 거지?"

"저 무시무시한 아카데미의 재앙이 루인에게 무릎을 꿇고 빌고 있었어……."

묵묵히 걸어온 루인이 담담하게 입을 열었다.

"밥 먹으러 가자."

꽤 기분이 좋아 보이는 그런 루인의 모습에 시론의 고개가 삐딱하게 기울었다.

"저 광대에게 무슨 좋은 이야기라도 들은 거냐?"

여전히 루인은 그저 웃고 있었다.

미지의 안개 속, 흐릿하기만 한 악제의 그림자를 밝힐 수단을 얻었다.

작열하는 긴장감이 온몸을 번져 간다.

두려움과 분노, 공포와 증오가 함께 버무려진 듯한 이 찌르르한 감각은 역시 사라진 것이 아니었다.

그저 잠시 잠들어 있었던 것뿐.

'악제(惡帝)······.'

그 절망의 이름, 그 흉포한 공포에.

드디어 한 발 다가섰다.

Chapter. 32

모든 선배 생도들이 힐끔거리며 귓속말을 주고받거나 노골적으로 노려본다.

워낙에 시선이 모이다 보니 루인 일행은 체할 듯이 급하게 식사를 할 수밖에 없었다.

괴물 같은 루인, 무신경의 극치인 리리아는 그런 친구들의 속도 모르고 느긋하게 맛을 음미하고 있었다.

"아, 제발 좀 대충 먹고 나가자."

"선배들의 눈빛이 마법이었으면 우린 모두 꿰뚫려 죽었을 거야."

루인이 가볍게 무시하며 오플렛을 씹고 있을 때 누군가가

103

그에게 다가왔다.

"칼날 지배자 후배."

겨우 잊고 있었는데 갑자기 또 훅 치고 들어온다.

루인이 구겨진 얼굴로 스푼을 내려놓았다.

남색 머리칼.

일견 선해 보이는 축 처진 눈매.

하지만 전체적으로 날카로운 인상의 4등위 마법 생도.

환영의 등나무 탑의 리더 생도 볼칸이었다.

"……웬만하면 이름을 불러 주시죠."

"그러지."

처음 루인을 대했을 때와는 달리 볼칸의 태도는 뭔가 부드
러워져 있었다.

놀라운 무투술과 헤이로도스의 마법으로 황혼 그룹의 리
더를 상대하는 모습을 실시간으로 감상한 마당.

누군가의 전언 따위가 아니라 직접 루인의 진면목을 확인
했기에 마음이 달라질 수밖에 없는 것이었다.

마법 생도들의 영원한 타도 대상이었던 황혼의 근육들을
찰지게도 두들겨 팼으니 호감이 일어나지 않으려야 않을 수
가 없는 것.

훈련장에 울려 퍼지던 찰진 타격음이 아직도 그의 귓가를
맴돌고 있었다.

"이걸 받아라."

루인이 볼칸이 내민 것을 물끄러미 바라봤다.

은은한 마력의 잔향을 뿜어내고 있는 조그마한 키(Key).

키의 중심엔 붉은색으로 '3F-14'라는 문구가 새겨져 있었다.

"우리가 쓰고 있는 연구실의 키다. 식사를 마치고 이곳으로 와라. 너 혼자."

"우린 수련을 해야 합니다."

"중요한 일이다. 시간을 많이 빼앗진 않을 거야."

"……."

루인만 혼자 오라는 볼칸의 말에 모두 가슴을 쓸어내리는 눈치였다.

탑(Tower)의 리더 생도가 '우리'라고 말했다.

그렇다는 건 결국 그 연구실엔 쟁쟁한 등급 생도들로 득실득실할 거라는 뜻.

잠시 침묵하고 있던 루인이 곧장 자리에서 일어났다.

"그냥 지금 바로 같이 가겠습니다."

결정을 했다면 의심 없이 실천하는 성격인가?

볼칸은 점점 더 루인이 마음에 들었다.

"좋다."

루인이 생도들을 물끄러미 쳐다보자.

"유적 동굴에 먼저 가 있을게요."

"우린 걱정 마라. 착실하게 수련하고 있을 거다."

"잘 다녀와!"

약속이나 한 듯이 일어나 도망치듯 멀어지는 생도들.

루인이 피식 웃으며 볼칸을 뒤따랐다.

연구실에 들어온 루인이 온갖 약품의 지독한 내음에 코를 틀어막았다.

여기저기 어지럽게 널려 있는 마력 촉매제.

파편적인 영감을 휘갈긴 듯한 온갖 메모들.

화려한 빛깔의 각종 시약과 연금 재료.

인상을 찡그린 채 그 모든 것을 둘러보고 있던 루인에게 볼칸의 음성이 들려왔다.

"이쪽으로."

루인이 볼칸이 이끄는 대로 테이블 사이의 좁은 통로를 겨우 통과했을 때.

마력 화로 위에서 부글부글 끓고 있는 플라스크를 졸린 눈을 비비며 관찰하던 여생도가 황급히 정신을 차렸다.

"아, 언제 왔어? 어? 너는……?"

돌아가는 분위기를 대충 살펴보니 이곳의 학구열이 보통이 아니었다.

마도학자들의 연구실이라고 해도 이상하지 않을 정도.

기분 좋은 흥으로 연구실을 둘러보던 루인에게 다시 여생도의 목소리가 들려왔다.

"그 무시무시한 이명과는 다르게 가까이서 보니 제법 잘생

겼네?"

"⋯⋯."

볼칸이 주위를 두리번거렸다.

"타가엘은 어디 갔지? 내가 이 녀석을 데려온다고 말했을 텐데."

"다른 생도들을 데리러 갔어. 오기로 한 애들이 많은가 봐."

"다른 애들?"

"유리우스도 온다던데? 그리고 놀라지 마."

"음?"

여생도 조셀린의 눈빛이 차분하게 가라앉았다.

"천공 그룹 녀석들도 방문을 통보해 왔어."

"⋯⋯천공(天空)?"

좀처럼 감정을 드러내지 않은 볼칸이 깜짝 놀란 표정을 하고 있었다.

천공 그룹은 마법학부에 무슨 일이 일어나도 나타나지 않던 녀석들.

심지어 그 녀석들은 무투대회조차 단 한 번도 참가하지 않았다.

그런 고고한 녀석들이 루인을 만나기 위해 방문을 통보해 온 것이다.

"놀랐지? 나도 처음엔 누가 장난치는 줄 알았다니까? 이것 봐."

조셀린이 내민 것은 잉크가 채 마르지 않은 쪽지.

그 쪽지에는 가타부타 아무런 설명도 없이 '방문'이라는 단어 하나만 덩그러니 써져 있었다.

"이게 무슨 천공의 증거지?"

싱긋 웃는 조셀린.

"이걸 가져다준 녀석의 가슴에 브로치가 없었거든."

그룹 브로치를 착용하지 않으면 처벌을 받는 이 왕립 아카데미에서 유일하게 자유로운 그룹.

황금 여명의 천공은 그룹 브로치가 존재하지 않았다.

"뭐, 별로 상관없다. 그놈들과 나눌 이야기 따윈 없으니까. 지금까지 공기처럼 굴던 놈들이 이제 와서 헤이로도스의 술식은 탐이 났나 보지? 바보 같은 놈들."

"난 그래도 재밌을 거 같은데? 다들 천공 그룹의 얼굴들을 보는 건 처음이니까."

"하나도 관심 없다."

여전히 배시시 웃고만 있는 조셀린.

계속 구시렁거리고 있지만 정작 천공을 가장 관심 있게 추적하던 녀석은 바로 이 볼칸이었다.

초대 학장 마도사 슈레이터의 세 제자 중 그가 가장 존경하는 인물이 바로 진멸의 천공(天空) 루카소.

그가 천공 그룹의 선택을 받기 위해 얼마나 노력했는지를 조셀린은 누구보다 잘 알고 있었다.

"매번 느끼지만 넌 참 마음에도 없는 말을 잘해."

"……시끄럽다."

그렇게 볼칸과 조셀린이 실랑이를 벌이고 있을 때 연구실의 문이 덜컥하고 열렸다.

"여어, 우리 칼날 지배자 후배님은 오신 건가?"

"유리우스!"

루인이 사람의 외모로 동요하는 마음이 인 것은 다프네 이후 처음이었다.

전생의 동료들 중에서도 미남자는 많았지만 유리우스는 그런 동료들보다도 훨씬 잘생긴 청년이었다.

생동하는 화염, 유리우스.

상위권에 랭크되어 있는 마법학부의 또 다른 이명 생도.

결투에 불리한 마법사, 그 엄청난 기사들의 랭커전에서 4 등위 기간 내내 20위권을 내주지 않은 마법학부의 강자였다.

그리고 그의 뒤편에서 새하얀 머리칼의 마법 생도가 따라 들어오고 있었다.

그림자 혹한, 타가엘.

혹한의 마도를 구사하는 또 다른 이명 생도가 차가운 눈으로 루인을 물끄러미 쳐다본다.

"……."

루인의 무감한 시선과 얽히면서도 그의 얼굴은 여전히 무의미했다.

루인의 표정에 금방 호기심이 떠올랐다.

감정을 억누르는 자의 눈이 아니었다.

바로 자유로움을 완성한 자.

놀라웠다.

그건 분명 강자의 눈빛.

나이와 경지로 가늠할 수 없는.

순수한 인간의 강함.

지난 생, 검성 윌켄을 처음 보았을 때와 너무 비슷한 느낌이라 당황스러울 정도였다.

'뭔가 숨기고 있군.'

인간의 감정뿐만이 아니다.

뭔가 실체가 느껴지지 않는 느낌.

왠지 모를 불길함, 그런 모호한 감각이 계속 찌르르 울려온다.

그렇게 루인이 타가엘을 직시하고 있을 때.

점점 루인 하나를 보기 위해 마법학부의 쟁쟁한 선배들이 연구실로 모여들었다.

그들이 모두 구석진 테이블에 차례로 앉자 무심한 표정으로 서 있던 루인도 함께 테이블의 의자를 뺐다.

드르륵

"어, 넌 안 되지. 엄연히 등위 체계가 있는데."

"그래도 벌써 이명을 차지한 놈인데? 그냥 후배는 아니잖아?"

"지킬 건 지키자고."

쓸쓸하게 웃음 짓던 루인이 의자를 집어넣는다.

대마도사의 자아가 자괴감을 느끼고 있었지만 이제는 어린 시절의 자신에게 익숙해져야만 했다.

"다들 빨리 모였네?"

홍염의 파수꾼 에덴티아가 연구실에 들어오며 인사하자 모든 등급 생도들이 인상을 구겼다.

"이제야 왔네. 도대체 왜 그런 멍청한 짓을 한 거지?"

"무슨 강심장으로 연합을 운운한 거냐고."

사실 루인을 만나기 위한 것도 있었지만, 연구실에 모인 보다 근본적인 이유는 저 에덴티아의 망할 연합 선언 때문.

안 그래도 저 괴물 같은 후배 덕분에 분위기가 뒤숭숭한 마당에, 모든 기사 생도들이 보는 앞에서 선전 포고를 날린 셈이나 다름이 없었으니…….

하지만 에덴티아는 오히려 친구들에게 반문하고 있었다.

"너희들은 날 그렇게 오래 겪고도 아직도 모르겠니?"

"응?"

"내가 무슨 바보 천치도 아니고, 그런 엄청난 선포가 과연 내 의지였겠냐고."

그때.

덜컥-

또다시 문이 열리며 두 명의 마법 생도가 연구실에 입장한다.

브로치가 없는 마법 생도들.

그 유명한 '황금 여명의 천공' 그룹의 생도들이었다.

"와……!"

"정말 처음 보는 얼굴이군."

"어떻게 생도 생활을 5년이나 함께했는데 한 번도 마주치지 않을 수가 있지?"

"무등위 시절부터 스카우트당한 건가?"

모두가 각자의 감상을 늘어놓고 있었지만 천공 그룹의 생도들은 아무런 반응이 없었다.

한데 오직 에덴티아만이 웃고 있었다.

"이번 일에 천공이 나서 주기로 했어."

"뭐?"

"천공이?"

마법 생도들은 말로만 듣던 천공이 얼마나 강한지도 몰랐고 심지어 몇 명인 지도 알지 못했다.

그럼에도 천공이 나서 준다는 한마디에 가슴이 두근거리고 있었다.

"그 말은 네 연합에 참여하겠다는 건가?"

"연합을 선포하기 전부터 이미 합의가 되어 있던 모양이네?"

에덴티아가 루인을 지그시 응시했다.

"스스로 성을 부수는 마장기가 되겠다는 녀석이 있으니까."

"마장기……?"

그때.

천공 그룹의 여생도가 입을 열었다.

"오랜만이군."

루인이 그녀의 투명한 눈빛을 마주하며 고개를 끄덕였다.

"그래."

그녀는 다름 아닌 자신을 천공의 후보로 삼기 위해 교실에 찾아왔던 천공의 소녀.

"왕립 아카데미에서 렌시아가의 입김을 끊어 내겠다는 게 정말인가?"

루인의 고개가 묘하게 꺾어진다.

이렇게 공개적인 자리에서 렌시아가를 하이(High)로 드높이지 않는다는 건, 그들에게 적대적인 감정을 지니고 있다는 뜻.

아무리 천공이라고 해도 아카데미의 일개 그룹에 불과하다.

그런 마법 생도들이 왕국을 지배하고 있는 대공 가문을 적대한다는 건 뭔가 사연이 있다는 의미일 터.

"그렇다."

"단순히 렌시아가의 후원 생도들을 꺾는다고 해서 해결될 일이 아니다."

"물론 그렇겠지."

천공의 소녀는 더욱 기이한 눈초리로 루인을 응시했다.

"계획이 있다면 듣고 싶다."

루인의 담담한 눈빛이 모든 생도들을 차례로 훑는다.

"이익에 목매는 인간은 더 큰 이익에 반드시 흔들릴 수밖에 없다."

뛰어난 재능의 기사 생도들이 렌시아가의 후원을 받아들인 건 자신에게 이익이 되기 때문.

"렌시아가의 후원 생도들을 어떤 이익으로 유혹하겠다는 건가?"

그들이 렌시아가의 후원으로 얻을 수 있는 것은 대공가의 명예와 권력.

렌시아가의 후광을 등에 업은 이상 르마델 왕국에서의 삶은 탄탄대로일 수밖에 없었다.

"기사 생도들에게 렌시아가의 후광보다 더한 이익이 있을 수 있는 건가?"

루인이 차갑게 웃었다.

"있지. 기사의 근본을 자극하는 고귀한 집단. 내심 가장 영예롭게 추앙하는 왕국의 또 다른 검술명가."

"……근본?"

"명예를 추구하는 기사들의 마음을 울게 만들 수 있는 태초의 가문."

그제야 모든 마법 생도들의 머릿속에서 하나의 가문이 떠올랐다.

"하이베른가. 나는 이 왕립 아카데미의 기사 생도들에게 하이베른가의 후원을 이끌 것이다."

르마델 왕국을 살아가는 백성들의 뇌리 속에서 하이베른가의 이미지란 우주 위에 떠 있는 별 같은 신비(神祕)였다.

아득하게 드높고, 또한 영광의 이름이며, 무언가 상상할 수 없는 권위가 그려지는 그런 느낌.

하지만 그들의 권력에는 실체가 없었다.

체감되지 않아 그저 신비한 가문, 그게 다인 것이다.

사실 그들이 얼마나 대단한지, 과연 하이렌시아를 압박할 정도의 역량은 있는 건지 생도들은 아무것도 알 수 없었다.

문제는 왕국의 은자(隱者)처럼 살아가는, 어쩌면 드래곤들보다 더 신비한 가문을 무슨 수로 끌어들이느냐였다.

그들에게 하이렌시아가를 견제할 수 있는 힘과 권력이 있다손 치더라도, 애초에 세상의 일에 관심이 없는 가문.

당연히 천공의 소녀는 반사적으로 의문을 드러냈다.

"기수 쟁탈전을 제외하면 하이베른가가 왕국의 전면에 나선 적은 없는 것 같은데."

기수 쟁탈전.

르마델이 추구하는 기사의 문화와 가치를 상징하는 행사.

가장 드높은 영광의 주인공을 가리는 자리이자, 왕국의 모든 이목이 집중되는 기사들의 대관식.

하이베른은 이 시기를 제외하면 왕성에 출입조차 하지 않았다.

"아니 그것보다, 고작 생도의 신분인 네가 무슨 수로 그 명예로운 대공가를 움직일 수 있다는 거지?"

생동하는 화염, 유리우스의 끈적한 눈빛.

그러나 벌써 칼날 지배자라는 괴물 같은 이명을 쟁취한 자신들의 무등위 후배는 눈 하나 꿈쩍하지 않고 즉각적으로 대답하고 있었다.

"하이베른가는 이번 기원제에 참가합니다."

왕국의 새로운 한 해를 축복하며 풍성한 수확을 기원하는 기원제(祈願祭)는 르마델의 왕실과 귀족가에 있어서 중요한 행사였다.

"내 기억이 잘못된 거야? 하이베른가가 기원제에 참여한 적은 한 번도 없는 것 같은데?"

보통은 참여하지 않더라도 하례를 통해 후원 정도는 하게 마련인데, 하이베른가는 그런 기원제에 하례 사절 한 번 보낸 적이 없었다.

루인은 그저 웃고만 있었다.

아버지와 데인이 자신의 조언대로 움직이고 있다면 이번 기원제에 반드시 참여할 것이다.

기원제는 일종의 분기점.

왕국의 기수가이자 대공 가문 하이베른이 완전히 새롭게 탈바꿈하는 날이었다.

"어쨌든 제가 준비한 마장기는 하이베른가입니다. 선배님들은 그 이후를 예측하고 대비해야 합니다."

하나같이 얼굴을 구기는 등급 생도들.

"네 말대로 하이베른가의 후원을 이끌 수만 있다면 우리 아카데미의 판도는 충분히 바뀔 수 있다."

아무리 왕국의 북부에서 은자처럼 지내고 있는 가문이라고 해도 이 르마넬 왕국의 기수가다.

명예와 영광을 좇는 기사 생도들, 그들의 감성의 저변에는 왕국의 기수가를 향한 존경과 흠모가 반드시 자리 잡고 있을 테니까.

"하지만 우리가 그 사실을 곧이곧대로 믿고 움직이기에는 하이베른가는 너무 신비로운 가문이다. 확신을 가질 만한 근거가 너무 부족해."

루인의 침잠한 눈빛이 유리우스의 시선과 얽혔다.

"지금 근거를 말하라고 한다면 제가 대답할 수 있는 건 없습니다."

"음……."

유리우스의 표정이 복잡해졌을 때 볼칸이 끼어들었다.

"나는 이 녀석의 말을 믿어 보겠다."

모두의 놀란 표정이 볼칸을 향했다.

천 년에 가깝게 전승자가 없었던 헤이로도스의 술식과 워메이지의 무투술을 발휘하는 녀석.

이미 그 하나만으로도 해석할 수 없는 놈인데 더 심한 불가사의가 튀어나온다고 해도 이상할 것이 없었다.

한데 놀랍게도 천공의 소녀마저 볼칸과 비슷한 반응을 보였다.

"그럼 우리가 해야 할 일은? 구체적으로."

"그동안 렌시아가의 후원 생도들이 저지른 교칙 위반 사례와 증거 수집, 교수들과의 유착 관계 등을 추적하는 일이다. 열상 마법으로 찍은 사진, 피해자들의 증언 따위를 녹음하는 그런 직접적인 증거면 더욱 좋다."

인상을 찡그리는 천공의 소녀.

"놈들의 뒤를 캐란 말인가?"

"쉽게 말하면 그런 셈이지."

"……."

고고한 자존감을 지닌 마법 생도들이 할 법한 일은 아니었다.

남의 뒤를 캐는 일 따위는 뒷세계의 탐정이나 하는 일이었으니까.

루인이 어느덧 뒤돌아선 채로 선배 생도들을 물끄러미 바라봤다.

"뜻을 밝혔으니 이만 물러가겠습니다. 특별한 일이 생긴다면 다시 찾아오죠."

그때.

"헤이로도스의 술식을 보여 줄 수 있나?"

처음으로 입을 연 그림자 혹한 타가엘.

그의 차가운 눈을 바라보던 루인이 일말의 망설임 없이 거절했다.

"싫다."

덜컥.

루인이 문을 닫고 사라진 자리를 한참 동안 바라보던 천공의 소녀가 생도들을 향해 물었다.

"저 녀석이 존댓말과 반말을 하는 기준이 뭐지?"

"그러게? 왜 나한텐 존댓말을 하다가 타가엘에게는 반말을 하는 거야?"

유리우스가 타가엘과 천공의 소녀를 번갈아 바라보고 있었다.

듣고 보니 그렇다는 듯, 묘한 눈빛을 빛내던 볼칸이 어깨를 으쓱거렸다.

"인정하고 인정하지 못하고의 차이겠지."

본인은 선배로서 인정을 받았단 뜻.

그렇게 연구실에 모인 등급 생도들은 루인의 미묘한 예법에 대해 이러쿵저러쿵 한참을 더 떠들고 있었다.

어떤 힘든 수련이라도 계속 반복을 하다 보면 어느 정도 적응이 되는 것이 정상이었다.

그러나 이 무식한 '재구축 수련법'에는 그런 편리한 인간의 적응력이 통용되지 않았다.

"와, 진짜…… 이 짓을 정말 또 해야 하나? 이게 맞아?"

슈리에가 온갖 감정으로 얼룩져 있는 친구들의 표정을 번갈아 바라봤다.

"그 수련…… 엄청 힘든가 봐요?"

실소를 머금는 시론.

"입장을 바꿔 생각해 봐. 너, 길을 가다가 금덩이를 주웠어. 근데 버리래. 허탈하지만 일단 또 걸어. 어? 이번엔 마정을 주웠네? 뭐? 또 버리라구? 이런 행운을 언제 또 만날 줄 알고? 우악! 이번엔 아티팩트를 주웠네? 뭐? 이것도 버려……?"

"아……."

"그런 느낌인 거다. 이 수련은."

비로소 이해하기 시작한 슈리에.

"다음에는 길을 가다 줍는 게 고철 덩어리일 수도 있거든요."

"아무것도 줍지 못할 수도 있지."

연속되는 서클의 붕괴 앞에서 자기 자신을 끊임없이 의심하게 만드는 광기의 수련법.

아무리 강고한 자기 확신도 결국엔 흔들릴 수밖에 없는, 사람의 영혼을 피폐하게 만드는 그런 수련법인 것이다.

다들 수련을 잘 견뎌 내자 혹시나 하는 마음에 질문했던 슈리에는 결국 고개를 절레절레 흔들고 말았다.

"저 같은 새가슴은 죽어도 못하겠네요."

"어, 넌 시작도 하지 마. 우리가 마법을 배우고 싶은 거지, 정신병을 얻으려는 건 아니잖아."

시론은 그렇게 투덜거리면서도 또다시 서클의 붕괴를 시작했고.

슈리에를 제외한 모두의 마력이 뿜어져 나와 유적 동굴을 가득 메웠을 때 비로소 루인이 나타났다.

또다시 오드를 허공에 띄워 마나존을 형성시킨 루인은 친구들이 첫 번째 고리를 맺을 때까지 묵묵히 기다렸다.

좀처럼 보기 힘든 천재적인 재능을 지닌 녀석들이니 첫 번째 고리까지야 큰 문제는 없었다.

그렇게 몇 시간이 흐르자.

하나둘 비 오듯 땀을 쏟으며 이미지에서 깨어나기 시작했다.

"하아…… 하아……."

역시 가장 먼저 숨을 몰아쉬며 깨어난 생도는 다프네.

열상처럼 내부를 가득 메우고 있는 마력의 진폭(振幅)에, 그녀는 아직도 치가 떨리는지 입술을 부르르 떨고 있었다.

루인을 발견한 다프네가 원망의 눈초리를 했다.

"……이건 정말 너무해요."

루인이 말없이 웃고만 있을 때 시론이 깨어났다.

"으아아악! 정말 힘들어 뒈질 것 같다!"

반면 조용히 숨을 고르고 있는 리리아.

"후우……."

세베론도 학질에 걸린 사람마냥 한차례 몸을 부르르 떨더니, 벌떡 일어나 책상 위의 물병을 들이켰다.

"먹을 것! 먹을 것 좀 가져다줘!"

루인이 가져온 간식을 내밀자 모든 생도들이 달려왔다.

루인이 사 온 따뜻한 쿠키와 레모네이드를 게 눈 감추듯 먹어 치운 후에야 생도들은 여유를 되찾을 수 있었다.

"도대체 이 짓을 언제까지 해야 하지?"

"발을 들인 이상 평생이다."

태연한 루인의 대답에 시론이 치를 떨었다.

"멈추면……?"

"나아갈 수 없겠지."

저 말이 더 무섭다.

마법사가 진보할 수 없다면, 그 삶은 더 이상 마도(魔道)라 불릴 수 없기에.

"후우……."

재구축 수련법에 더없는 열정을 보였던 리리아도 오늘만큼은 지쳐 보였다.

저 루인은 친구들의 정신과 마력이 아무리 녹초가 되어 있다고 해도 저녁 수련을 건너뛸 위인이 아니었다.

한데 루인의 입에서 놀라운 말이 흘러 나왔다.

"오늘 저녁 수련은 강론과 토론으로 대체한다."

리리아가 두 눈을 동그랗게 떴고.

다프네가 비명을 질렀다.

"꺄아아악! 그게 정말이에요?"

훈련장 수련을 패스할 수 있다니!

시론이 마치 눈물이 날 것만 같은 심정으로 되물었다.

"와 씨! 드디어 하루쯤은 쉬게 해 주는 거냐? 그런데 강론
과 토론? 뭘 토론하자는 거지?"

"검술(劍術)."

"뭐? 검술?"

모두의 눈빛에서 강한 호기심과 열망이 드러났다.

루인의 무시무시한 결투를 지켜본 이상, 검술의 대한 이해
가 마법사에게 얼마나 중요한 요소로 작용하는지 뼈저리게
깨달았기 때문.

"이 왕국, 아니 대륙에 퍼져 있는 검술의 종류, 모든 유파의
수가 얼마나 되는지 아는 사람이 있나?"

루인의 뜬금없는 질문에 곰곰이 생각해 보던 시론이 입을
열었다.

"마법사들의 학파보다는 훨씬 많을 테니 대충 천 개는 되
지 않을까?"

마법학회에 등록된 학파의 수는 대략 이백여 개.

그중 세력이 너무 약해 학파라는 칭호가 유명무실한 곳을 제외하면 많아 봐야 일백을 넘지 않았다.

기사들의 수가 훨씬 많은 건 모든 제국과 왕국들의 공통적인 특징이니, 검술 유파의 수를 대략 학파의 열 배 정도로 잡은 것이다.

"틀렸다."

"더 적은 거냐?"

루인이 웃었다.

"47만 개. 그게 대륙에 존재하는 모든 검술의 종류다."

"뭐……?"

루인은 인류 연합의 총지휘관 검성 윌켄의 동료이자 참모였다.

인간 진영의 결집을 이끈 루인은 대륙에 존재하는 모든 검술을 체계적으로 분류하고 등급을 매긴 경험을 지니고 있었다.

"모든 왕국의 제식 검술들, 실전을 통해 발전되어 온 온갖 용병 검술들, 대륙 곳곳에 퍼져 있는 검술 유파, 대대로 전승되어 온 검가의 검술 등을 모두 합한 숫자다."

"아니 무슨…….."

"그, 그렇게나 많다니!"

아무리 그래도 47만 개는 너무 많았다.

고작 백여 개에 불과한 학파의 수에 비한다면 가히 천문학적인 숫자가 아닐 수 없었다.

"왕국들이 검술을 기반으로 하는 군대를 유지하는 건 투자 대비 효율의 문제다. 제대로 된 마법사 한 명을 키워 내는 시간과 자원으로 정규 기사 열 명, 아니 수십 명도 배출할 수 있기 때문이지."

마법은 모든 것이 돈이다.

마도서 한 권의 가격은 웬만한 가정의 한 달 생활비와 맞먹었다.

더욱이 술식 해설집, 마력 촉매, 각종 시약, 엘릭서, 아티펙트 등 마법의 경지를 돕는 보조적인 물품들의 가격 역시 만만치 않았다.

달랑 검 한 자루와 몸뚱이만 있으면 익힐 수 있는 검술과는 비교가 무의미한 지경.

리리아가 묘한 눈빛을 빛냈다.

"우리가 검술을 이해하는 건 애초에 불가능하다고 말하고 싶은 건가?"

씨익.

"마법사는 언제나 확증하려 한다. 너희 역시 모든 검술을 파고들려고 하겠지. 인과(因果)를 분명하게 하는 마법사의 방식으로 접근하지 말라는 뜻이다."

"그럼?"

루인이 자리에서 일어났다.

"유파(流派)란 말 그대로 갈래. 갈라지기 전의 모든 검술의 근원. 그런 검술의 원형을 간파하는 법. 그것을 너희들에게 알려 주겠다."

"검술의 원형……?"

시론의 의아한 표정을 살피던 루인이 선 채로 말했다.

"어떤 마법사라도 좌표계를 지정할 때만큼은 반드시 '근일점'으로부터 시작한다. 아무리 학파가 다양해도 태초의 마법사 테아마라스의 마법으로부터 뻗어 나간 갈래이기 때문이지."

"아……."

"검술 역시 마찬가지다. 수십만 갈래로 뻗어 나갔어도 큰 줄기에서 변형된 형태일 뿐, 크게는 두 가지로 분류할 수 있다."

"두 가지?"

과연 47만 개나 되는 검술의 유파를 그렇게 단순하게 두 개로 압축할 수 있는 건가?

"그 두 개의 대분류는 뭐죠?"

다프네의 호기심 어린 질문에 루인의 손이 잔상처럼 허공에 번져 갔다.

획-

"빠른 검(快劍)."

이번엔 느릿하지만 힘이 느껴졌다.

후우웅-

"무거운 검(重劍)."

뭔가 대단한 분석일 줄로만 알고 기대했던 생도들의 얼굴에서 실망감이 서렸다.

"에이, 그게 뭐냐? 그 정도를 뭘 그리 분석이랍시고."

피식 웃어 버리는 루인.

본디 진리와 근본에 가까워질수록 모든 것이 단순해진다.

하지만 그런 단순한 진리를 이해하는 것은 어떤 고차원적인 지혜를 탐구하는 일보다도 어렵다.

"빠른 검은 변화에 능하다."

휙휙-

휘휘휙-

루인의 손이 떨쳐 내는 놀랍도록 빠른 궤적의 잔상에, 생도들이 눈을 동그랗게 떴다.

"쾌검에서 파생된 환검술이다. 여기서 투기의 속성, 정신적인 추구, 지향하는 가치에 따라 수천, 수백 개의 유파가 탄생했지."

루인의 손날이 단순하지만 놀라운 속도의 직선으로 쏘아졌다.

"점과 점을 잇는 최단 속도를 추구하는 이 검술은 암살검이다. 모든 방어적인 검술을 배제하며 더욱 발전한 극쾌의 검술. 레인저나 암살자들이 쓰는 검술이 여기에 속한다."

루인의 손이 이번엔 부드럽게 흔들렸다.

"남부 왕국들의 주류 검술인 유검술이다. 방어에 취약한 쾌검의 단점을 보완한 검술이지. 상대방의 힘을 역이용하여 자연스럽게 제압하는 데 특화된 검술이다."

그 밖에도 루인은 쾌검에서 파생된 소분류의 검술들을 차례로 시연해 보였다.

금방 리리아의 얼굴에 의문이 떠올랐다.

"왜 쾌검에서 파생된 검술들만 계속 보여 주는 거지?"

루인은 중검류를 한 차례도 보여 주지 않았다. 당연히 생도들은 의아할 수밖에 없었다.

"지난 결투로 느꼈을 텐데."

"……결투?"

생도들은 황혼의 중검을 상대하던 루인의 모습을 떠올렸다.

"중검은 마법사에게 그다지 치명적이지 않아. 메모라이징 마법을 활용한 유틸성, 적당한 체술과 경험이 어우러지면 쉽게 극복이 가능하다."

비록 루인이 헤이로도스의 술식과 강력한 무투술을 보유하고 있었지만, 그 모든 걸 감안한다고 해도 황혼의 랭커들은 너무 무기력하게 패배했다.

6성의 기사가 갖는 위상과 위력을 고려하면 실로 허탈할 정도.

"우리 마법사들의 극상성은 쾌검류다. 특히 초를 쪼개며 짓쳐 오는 일격필살의 쾌검. 그런 암살검 앞에서 무사할 수 있는 마법사는 거의 없다고 보면 된다."

"아……."

루인이 다시 자리에 앉았다.

"경험 많은 마법사들은 쾌검술을 구사하는 기사와의 조우 시 시전 시간이 짧은 초급 헤이스트를 걸고 뒤도 돌아보지 않고 도망간다. 텔레포트 마법을 시전할 시간조차 무의미하다는 걸 아는 거지. 대개 첫 시전을 맺을 때 죽게 된다."

동굴의 바깥쪽을 응시하는 루인.

"그리고 우리 르마델 검술의 7할은 쾌검, 그중에서도 환검 (幻劍)이다."

급격하게 표정이 어두워지는 생도들.

"렌시아가의 환상검(幻像劍)을 추종하는 검술 유파들이 왕국의 주류를 이루고 있기 때문이지."

그제야 생도들은 루인이 왜 이런 강론을 늘어놓는지를 이해했다.

앞으로 자신들이 상대할 기사들의 절반 이상이 환검류를 구사한다는 것.

마법사와의 극상성, 그런 위협적인 상대가 그만큼 주변에 깔려 있다는 뜻이었다.

"그럼 그 황혼 녀석들은 왜?"

포효하는 황혼.

비대한 근육을 자랑하며 무식한 중검을 추구하는 그룹.

"당연히 중검을 추종하는 기사들도 있지. 왕국에 뿌리를 내린 환검의 저변을 물리치고 언제나 기수를 차지하는 건 중검의 사자검(獅子劍)이니까."

"아!"

위대한 하이베른가.

그 포효하는 사자의 가문을 잊고 있었다.

한데 그렇게 말하면서도 루인은 한편으로 의문을 품고 있었다.

하이베른가의 시조 사홀이 자신에게 심상으로 남겨 준 것은 중검보다는 환검에 가까웠기 때문.

아마도 그가 생의 마지막에 이르렀을 때 무언가 중대한 마음의 변화를 맞이한 것이 틀림없었다.

하지만 그것은 추측일 뿐.

아득한 심상으로 남아 있는 사홀의 검술을 루인은 아직 하나도 제대로 이해한 것이 없었다.

"그럼 쾌검을 상대할 수 있는 특별한 마도(魔道)가 있다는 거냐?"

루인이 심상에 빠져들듯 슬며시 눈을 감았다.

"지금 너희들의 눈앞에 기사가 서 있다고 이미지해라."

그 말에 생도들도 다 함께 눈을 감았다.

각자의 의식 속에서 한 명의 기사가 떠올랐을 때 루인의 목소리가 다시 들려왔다.

"내가 말한 대분류로 나눠 봐라. 쾌검술을 쓰는 기사인가? 중검술의 기사인가?"

동시에 눈살을 찌푸리며 깨어나는 생도들.

"검술도 펼치지 않았는데 그걸 어떻게 알아요?"

"우리가 무슨 점쟁이도 아니고 그냥 서 있는 모습만 보고 어떻게 알 수 있냐고."

루인이 눈을 뜨며 다시 일어났다.

"쾌검에 있어서 가장 중요한 동작은 발검(拔劍)이다. 최단 시간, 최적의 동선을 추구하지. 그런 발검 수련을 오랫동안 하게 되면 반드시 미세하게 팔 길이가 차이 나게 된다."

"팔 길이……?"

"또한 쾌검술은 점(點)과 선(線)에 집착한다. 점과 점을 잇는 최대 속도, 절제된 선이 추구하는 극한의 효율, 그러므로 그들은 검을 잡기도 전에 보는 법부터 배운다."

"보는 법……?"

"어둠 속에서 눈을 단련한 인간은 반드시 특유의 날카로운 기세를 뿜어 댈 수밖에 없다. 온갖 시각적 자극으로 어지러운 와중에서도 점을 타격하거나 정확한 궤적의 검을 구사할 수 있어야 하기 때문이지. 그래서 나는 차갑게 갈무리가 되어 있는 기사의 눈빛을 싫어한다. 십중팔구 쾌검의 기사거든."

이후에도 루인은 쾌검술을 다루는 기사의 특징을 한 시간 이상 강론했다.

"……또한 신발의 뒤축이다. 쾌검술의 기사는 짧은 보폭을 자주 쓰며 순간적으로 강하게 디딤 발을 딛는 경우가 많아서 신발을 오래 쓰지 못한다. 신발의 뒤축이 눈에 띄게 닳아 있다면 그 역시 경계해야 한다."

"……"

"갑주를 입고 있지 않다면 어깨의 근육을 살피는 것도 도움이 된다. 쾌검의 기사는 꾸준한 힘을 내는 근육보다 순간적인 근력, 즉 속근이 발달한 경우가 대부분인데, 그중에도 이곳."

루인이 생도복 상의를 벗자 그의 탄탄한 상체가 드러났다.

루인이 광배에서 어깨로 이어지는 중간 부근의 볼록한 근육을 자신의 손가락으로 가리켰다.

"쾌검술을 익히면 반드시 이곳의 근육이 발달한다."

한 시간 이상 루인의 열정적인 강론을 듣던 생도들은 이미 오래전부터 경악으로 굳어져 있었다.

이건 차라리 광기(狂氣)에 가까웠다.

루인이 얼마나 쾌검술을 싫어하는지를 여실히 느낄 수 있는 강론.

마법사가 검술을 연구한다면 얼마나 무서운 결과로 이어질 수 있는지를 실감나게 느낄 수 있었다.

문제는 이런 무시무시한 지식은 결코 경험 없이 탄생할 수 없다는 것.

이제 생도들에게 루인의 정체란 의심과 궁금증을 넘어 불가사의에 근접하고 있었다.

"……도대체 넌 이런 걸 어떻게 알고 있는 거냐?"

시론의 강렬한 의문.

이게 한두 번의 대결로 습득할 수 있는 지식일까?

아니.

적어도 수백, 수천 번의 생사를 건 혈투를 겪고 나서야 완성할 수 있는 지식의 체계다.

광기로 번들거리는 이런 섬뜩한 지식은 결코 책으로 배울 수 있는 것이 아니었다.

"천재라고 해 두지."

시론이 뒤로 드러누우며 가슴을 쳤다.

"아! 정말 때리고 싶다! 진짜 더도 말고 딱 한 대만 찰지게 때리고 싶다!"

그렇게 시론이 발광하고 있을 때 리리아의 질문이 이어졌다.

"상대가 쾌검술을 구사하는 기사임을 판별했다면 그다음은? 대응법은 왜 가르쳐 주지 않는 거지?"

"그건 말로 되는 게 아니기 때문이다."

"그럼?"

갑자기 루인이 염동을 일으키며 수인을 맺었다.

허공에 맺혀 가는 마력회로의 결을 살피던 리리아가 깜짝 놀라며 물었다.

"뭐, 뭐 하는 거야?"

루인이 자신의 몸에 새긴 것은 다름 아닌 헤이스트의 술식.

헤이스트(Haste)는 인간의 생명력과 활력을 순간적으로 증폭시킨다.

당연히 인간의 생명력과 활력은 한정된 자원 즉, 미래의 자원을 당겨쓴다는 의미.

그러므로 헤이스트와 같은 버닝(Burning) 계열의 술식은 절대 함부로 남용해선 안 된다.

한데 루인은 특별히 급박한 상황도 아닌데도 헤이스트를 남발한 것이다.

"통상적으로 헤이스트는 술식의 등급에 따라 다르겠지만 인간의 활력을 순간적으로 열 배가량 증폭시킨다. 덕분에 마법사는 순간적으로 기사에 준하는 몸놀림이 가능하지."

다프네가 한숨을 내쉬었다.

"휴, 여기서 그걸 모르는 사람이 어딨어요?"

"하지만 나와 너희들의 활력이 같을까?"

스스스슥

루인의 몸이 잔상을 남기며 사라졌다.

너무 빨라 시야로도 좇을 수 없는 그의 움직임.

미약한 발소리만이 간헐적으로 작게 들려올 뿐이었다.

동굴 특유의 적막이 없었다면 생도들은 루인이 아예 사라졌다고 생각했을 것이다.

스슥

루인이 호흡 하나 흐트러지지 않은 채로 다시 생도들의 전면에 등장했다.

"정확히 수치화할 순 없지만 내 활력은 최소 너희들의 3배이상일 것이다. 너희가 헤이스트를 활용해도 상대할 수 없는 쾌검의 기사를 나는 상대할 수 있다는 의미지. 그리고 인간의 활력은 폐활량에 정확히 비례한다."

루인의 말을 들으면 들을수록 생도들의 표정이 묘해진다.

또 묘하게 하나의 해법으로만 귀결되는 느낌적인 느낌.

"결국 또 달리기란 소리예요?"

슈리에의 당황한 시선, 그리고 이어진 세베론의 질문.

"그럼 결국 달리기가 정신의 수양, 안정적인 언령, 헤이스트의 효과 상승 등을 모두 가능하게 한다는 거냐?"

"지금으로선 너희들의 역량을 가장 빠르게 끌어올릴 수 있는 수단이지."

"아니 왜 매번 결론이 똑같은 거냐고!"

"우린 마법사지 마라토너가 아니잖아요!"

또다시 들려오는 무심한 루인의 목소리.

"워메이지의 무투술은 헤이스트로 곱연산된 너희들의 활

력 증가 수치가 적어도 지금의 두 배에 이르렀을 때 시작할
수 있다. 그 이하 단계에서는 아무 의미가 없어."

다프네의 의문이 이어진다.

"그럼 쾌검술의 기사를 만날 때마다 헤이스트를 활용하란
말인가요? 그렇게 헤이스트를 남용하면 수명의 반도 못 살고
죽을 텐데요?"

루인이 뭘 그런 걸 묻느냐는 듯 오히려 반문했다.

"넌 참 똑똑해 보이다가도 한 번씩 실없는 질문을 하는군."

"네……?"

빙그레 웃는 루인.

"간단하다. 수명을 늘리면 된다."

"그, 그게 무슨?"

"마법사에겐 수명을 비약적으로 늘릴 수 있는 가장 간단한
방법이 있을 텐데?"

멍하게 굳어져 있던 생도들이 서로를 번갈아 쳐다봤다.

"지금 이 녀석 무슨 소릴 하는 거지?"

"8위계 이상. 그러니까 현자의 경지를 말하는 거 같은데
요……."

루인이 흡족하게 웃으며 고개를 끄덕였다.

"그렇다. 너희들 모두 현자가 되면 된다."

시론이 벌떡 일어나 루인에게 뛰어들고 있었다.

◆ ◇ ◆

시간은 누구에게나 공평하지만 그렇다고 모든 이들이 같은 경험을 향유하는 건 아니었다.

마법사를 꿈꿔 오면서 결코 허투루 살지 않았다고 자부했던 생도들.

하지만 지난 한 달은 그런 생도들의 믿음이 모조리 깨어지는 시간이었다.

사람이 이렇게까지 부서지게 노력하고도 제정신을 유지할 수 있구나 라는 걸 매일매일 확인하는 순간들.

지독한 달리기 훈련에 입안의 단내가 마를 날이 없고, 완성한 서클을 몇 번이고 부수고 재구성하니 매일매일 멘탈이 가루가 된다.

일상이 이 지경에 이르니 수면은 당연한 게 아니라 보상으로 변질됐다.

잠을 잘 수 있는 고작 3시간이, 아무 생각 없이 쓰러져 잘 수 있는 그 꿈결 같은 시간이 너무나도 소중해졌다.

이래서 인간을 적응의 동물이라고 한 걸까.

과장이 아니라 3시간의 짧은 수면, 생도들은 그 하나만으로 버틸 수 있었다.

생도들의 지난 한 달은 웬만한 생도들의 일 년 치 수련에 근접했다.

"아, 눈이다."

"눈……."

에어라인 아카데미에 눈이 내리고 있었다.

지상에서 맞이하는 눈발과는 느낌부터가 달랐다.

달리기를 마친 후 훈련장의 모퉁이 계단에서 쉬고 있던 생도들이 멍하니 하늘을 올려다보았다.

눈발은 지상처럼 차분하게 하강하지 않았다.

고도 때문에 길을 잃은 듯 어지럽게 휘날리고 있는 눈발들.

시론은 그런 눈발이 마치 자신의 인생 같았다.

"내 앞날처럼 어지럽군. 미래가 보이지 않아."

"……."

"……."

생도들이라고 그 심정이 다를까.

불투명한 미래에 이 짓궂은 날씨처럼 마음이 온통 시리다.

그들을 괴롭히고 있는 건 역시 재구축 수련법.

달리기는 확연히 달라지고 있는 체력과 활력 때문에 직관적으로 성과가 드러나고 있었지만.

재구축 수련법은 한 달이 지나도록 과연 이게 맞나 싶은 마음만 반복될 뿐이었다.

어떤 날은 단숨에 과거의 고리를 모두 회복하는 운이 좋은 날도 있었다.

그러나 다음 날이면 여지없이 고리를 부숴야 하니 멘탈이 남아날래야 남아날 수가 없는 것이다.

"하아…… 하아…… 너희는 심상과 감응력이 조금씩 변하고 있다는 걸 느끼지 못하는 건가……?"

또 저 얘기.

시론이 얼굴을 찌푸리며 리리아의 시선을 외면했다.

오직 그녀만이 재구축 수련법에 열정적이었다.

매일매일 지옥 같은 수련을 반복하면서도 불평불만 한 번 늘어놓지 않는 강철의 리리아.

"후우…… 이대로라면 언젠가 7위계도 가능할 것 같다."

매번 2, 3개의 고리를 맺는 정도로 끝나면서도 대체 저런 식의 확신이 어떻게 가능한 건지 시론은 이해할 수 없었다.

"넌 참 뜬금없이 긍정적이야."

누구보다도 음침한 녀석이 가장 긍정적인 마인드를 보여 준다.

어휴, 7위계라니.

6위계와 7위계 사이의 간극은 1위계부터 6위계까지를 모두 합한 난이도보다도 높다.

평생 동안 수련과 연구에 매진하고도 6위계 이상을 밟아 보지 못하고 도태되는 마법사가 전체의 구 할이 넘는 수준.

어떤 현자는 7위계에서 8위계의 경지에 오르는 것보다 7위계를 정복했던 것이 더욱 어려웠다고 고백하기도 했다.

모든 마법사들의 통곡의 벽.

천재, 혹은 그 이상의 찬사를 들으며 성장한 마법사들조차
도, 7위계의 벽 앞에서는 범재와 다름없이 공평했다.

실력이나 천재성보단 운과 깨달음의 영역이었다.

〈부러워. 루인 님만 허락했다면 나도 해 보는 건데.〉

아, 저 여자마저 신경을 긁어 대다니.

시론이 열이 뻗쳐서 벌떡 일어났다.

"내가 부럽다 내가! 대체 이 짓이 뭐가 부럽다는 거냐! 내
가 미쳤지! 괜히 저 미친놈의 분위기에 휩쓸려서 여기까
지…… 하…….'"

웬일인지 루인은 루이즈에게만큼은 재구축 수련법을 허락
하지 않았다.

시론이 수건을 걸친 채 새하얀 입김을 내뿜으며 다가오는
루인을 노려봤다.

"왜 하고 싶다는데 쟨 말리는 거냐!"

아무렇지도 않게 대답하는 루인.

"루이즈가 길을 걷다 주운 건 갓핸드급 아티펙트다."

"뭐……?"

"그 정도의 행운은 버릴 수가 없지."

루이즈는 마도사 슈레이터가 남긴 마도를 얻었다.

그런 그녀가 재구축 수련법을 했다간 자칫 절대언령을 잃을 수가 있었다.

"내가 재구축 수련법을 하지 않는 이유와 같다."

루인이 구축한 융합 마력과 헤이로도스의 마법 역시 갓핸드급 아티펙트란 뜻.

더구나 루인은 광휘의 마법사 헤스론보다도 더욱 드높은 경지를 이룩한 대마도사였기에 굳이 그의 수련법을 따를 이유는 없었다.

그런 회귀의 사실을 알 턱이 없는 시론은 오로지 루인이 재수 없기만 했다.

"와, 진짜 반박이 안 된다 반박이. 그래 너 잘났다! 너무 잘나서 내가 막 눈이 부신다!"

"시끄럽다."

그런 시론을 묘한 시선으로 바라보고 있는 세베론.

루인을 만나면서 시론은 왠지 모르게 과거와는 달라져 가고 있었다.

무겁고 진중했던 성격이 점점 활달하고 익살스럽게 변하고 있는 것이다.

가문의 기대, 현자의 손자라는 무게감에서 해방되자 그는 원래의 활발한 성격을 되찾아 갔다.

세베론은 시론의 그런 변화가 나쁘지만은 않았다.

"이제 곧 1월인가."

르마델 왕국의 기원제가 보름 앞으로 다가왔다.

루인은 아버지와 데인을 다시 볼 수 있다고 생각하니 가슴이 벅차올랐다.

자신의 바람대로 아버지는 전성기의 기량을 모두 회복했을지, 또 데인은 얼마나 성장했을지가 너무나 궁금했다.

오드를 감싸고 있는 다섯 개의 고리를 세심하게 살피는 루인.

새로 맺은 고리가 원래의 고리와 어울리며 점차 적응을 해나가고 있었다.

자신이 탄생시킨 융합 마력은 일반적인 마력에 비해 극도로 이질적이라서, 고리를 맺을 때마다 기존의 고리와 쉽게 조화가 되지 않았다.

그래서 이 순간을 세심하게 살펴야 했다.

조금이라도 이상 반응을 보이면 재빨리 마력을 조정해야 했고 심상을 다듬어야 했다.

루인은 그렇게 새로 맺은 다섯 번째 고리의 미세한 반응 하나하나에 극도로 집중하고 있었다.

"이제 구경하는 사람도 없네."

더 이상 훈련장에 나와 구경하는 사람이 없었다.

마법 생도들이 훈련장에서 달리기를 하는 모습이 처음엔 이질적이겠지만 이젠 그것도 아카데미의 일상이 되어 버렸으니까.

"그러게요. 기사학부 생도들도 이젠 포기한 듯해요."

교묘하게 시비를 걸어오던 기사 생도들도 얼마 전부터 나타나지 않았다.

처음엔 온갖 구실로 시비를 걸더니 루인의 무심한 대응에 지쳤는지 포기라도 한 모양.

가끔은 호기롭게 결투를 신청하던 기사 생도들도 있었지만 그마저도 브홀렌의 측근들에 의해 모조리 제지되었다.

무등위 생도의 반란 '칼날 지배자'의 등장으로 어지러웠던 아카데미가 다시 소중한 평화를 되찾은 것이었다.

그때.

"오늘부터는 기초 무투술을 수련하겠다."

모두의 고개가 루인을 향해 부서질 듯 꺾어졌다.

드디어 워메이지에 한 발 다가설 수 있다니!

흥분한 시론이 콧김을 뿜었다.

"그, 그게 정말이냐! 루인!"

"그래."

어려서 그럴까.

한 달 남짓한 시간 만에 생도들의 활력은 두 배 이상 강화되어 있었다.

특히 시론의 활력은 남달랐는데, 이젠 루인과 함께 나란히 뛰고도 숨결 하나 흔들리지 않았다.

여생도 사이에선 루이즈의 체력이 가장 돋보였다. 이어서 다프네와 슈리에, 그리고 리리아 순.

의외로 리리아는 육체적인 재능이 미진했다.

지금도 가슴을 움켜쥔 채 가까스로 호흡을 가다듬고 있었다.

"하아…… 하아……."

오늘따라 유난히 숨을 쉬기 어려워하는 리리아의 모습에 루인의 눈빛이 걱정으로 물들었다.

"빨리 성장하고 싶은 마음은 십분 이해한다만 너무 힘들면 쉬어도 좋다."

루인은 리리아의 건강이 걱정되어 이미 여러 번 휴식을 권고한 상태.

하지만 리리아는 그런 루인의 조언을 무시하며 미련할 정도로 달리기 수련에 집착하고 있었다.

"멸화(滅禍)……."

힘겹게 내뱉은 리리아의 음성.

그리고 그녀가 말한 멸화는 분명…….

"어브렐가의 가언. 맞지?"

-기쁨 없이 도약하라. 고통 속을 나아가라. 멸화 앞에서도 진리를 궁구하라.

세베론은 보안청에서 들었던 어브렐가의 가언을 기억해 냈다.

멸화(滅禍)란 한 가문의 가언에 쓰이기에는 너무 파괴적이고 불길한 단어.

그런 특이한 가언이었기에 다른 생도들도 모두 기억하고 있었다.

"어브렐가의 직계 자손은…… 엄청난 마나 친화력을 타고난다…… 하지만…….."

리리아가 스스로 가문의 비밀을 밝혔기에 시론은 드디어 그녀의 비밀을 이야기해 줄 수 있었다.

"어브렐가는 고대 용족(龍族)의 피를 이었다. 그들의 심장은 마나를 지배하고 다스리는 데 뛰어난 권능을 발휘하는 매질이지."

모두가 시론을 바라봤을 때.

"하지만 그들의 심장은 자그마한 질병에도 쉽게 멈춘다. 마법사로서 축복받은 재능을 타고나지만 성장기를 거친 후에 절반 정도는 죽고 만다. 축복이자 동시에 재앙이지."

멸화.

생도들은 그 무서운 단어가 왜 한 가문의 가언 속에 담길 수 있는지를 그제야 이해했다.

마법사로서 최고의 재능을 타고나지만 20대 전후로 혈족의 절반이 사라지는 무시무시한 재앙.

그런 멸화의 가문이라면…….

"그랬군."

루인은 어브렐가의 가풍(家風)을 비로소 깨달았다.

언제든지 사라질 수 있는 혈족들.

그런 가문이 오래도록 결속을 유지하는 방법은 너무나도 뻔했다.

서로에게 정(情)을 붙이지 않는 것.

슬퍼할 시간에 더욱 마법을 닦고 그리움이 치밀 순간에 감정을 채찍질한다.

리리아는 무심(無心)만을 강요받고 무정(無情)만을 배웠을 것이다.

사람들과 얽히는 방법 대신, 어떻게 하면 생존할 수 있는가를 평생토록 배워 왔을 것이다.

모두의 저릿한 시선이 리리아에게 모였다.

이런 동정의 시선을 받기가 싫어서 아무에게도 얘기하지 않았는데.

리리아는 말없이 친구들의 시선과 얽히며 허탈하게 웃었다.

왜 가문의 비밀을 스스로 꺼냈는지, 자신을 이해할 수 없었다.

"리리아."

루인은 하루를 평생처럼 살고자 하는 그녀의 열정에 경이로움을 느꼈다.

스스로를 모두 태워 하얀 재만 남게 되더라도, 한 치의 후회 없이 죽겠다는 그녀의 열망에 깊은 존경을 보냈다.

대마도사에게 상대의 나이는 중요하지 않았다.

중요한 것은 삶을 대하는 인간의 자세.

어떻게 살아갈 것인가를 고민하는 한 인간의 향유(享有).

고아하고 숭고한 그녀의 열정에 루인은 대마도사의 자존 감조차 내려놓을 수 있었다.

"너는 반드시 멸화의 저주에서 살아남아 마도사가 될 수 있을 거다."

리리아의 동공이 점점 벌어졌다.

미래는 깨진 유리와 같아서, 누구도 함부로 예측할 수 없다.

그런데도 루인은 다른 이의 삶을 말하면서도 확신하고 있었다.

리리아는 그의 근거가 궁금했다.

"왜지?"

"내가 그렇게 만들 거니까."

화끈.

살면서 한 번도 겪어 보지 못한 감정이 몰아친다.

시선을 어디에 둘지 몰라 당황해하던 리리아가 뜬금없이 화를 냈다.

"뭐, 뭐라는 거냐! 네놈이 뭐라고……!"

루인이 휘날리는 에어라인 아카데미의 깃발을 나직이 응시했다.

르마델 왕국의 기원제까지는 보름.

그 정도의 시간이라면 충분했다.

"보름 안에 포션 하나를 만들어 주마. 인간의 심장병 따위는 단숨에 치료할 수 있는 절대적인 비약(秘藥)을."

모든 생도들이 황당해했다.

"포, 포션?"

"비약이라니?"

연금술이나 포션의 제조법은 마도학자의 역량, 즉 마법사 중에서도 소수의 전유물이었다.

게다가 가문 대대로 전해 내려오는, 피에 담긴 저주의 불치병을 순식간에 치유하는 절대적인 포션이라니?

신성력을 다루는 성직자들도 그런 건 하지 못할 것이다.

"아니 그런 엄청난 효능의 포션 조합법이 있다고 해도 우리가 사용할 수 있는 시설이 없잖아요? 게다가 재료는요?"

루인이 공간 속에 스며들어 있는 헬라게아를 응시하며 은은하게 웃었다.

"재료는 많아. 그리고."

주머니에서 열쇠 하나를 꺼내 드는 루인.

생도들이 붉은색으로 '3F-14'라는 문구가 새겨진 키를 멍하게 바라보고 있을 때.

"선배들이 아주 좋은 선물 하나를 주더군."

리더 생도들의 연구실 키였다.

시론은 어이가 없었다.

등급 생도 선배들에게 연구실 키를 받았다고 해서 연구실을 사용할 수 있다?

그건 그저 출입을 허락했다는 의미지 연구실의 실험 도구와 마법 재료를 자유롭게 쓰라는 뜻이 아닐 것이다.

"루인, 마법학부의 선배들한테까지 찍히고 싶냐?"

마법사라는 족속은 자신의 공간과 도구에 민감하다.

모든 자리와 실험 도구에는 제 주인이 있을 것이고 그걸 루인이 제멋대로 다룬다면 틀림없이 또 사단이 일어날 터.

그러나 루인은 시론의 말에 대꾸도 하지 않으며 시야 교란 마법을 시전했다.

이내 공간을 찢으며 나타나는 헬라게아.

루인이 시커먼 공간 속으로 쑥 집어넣은 팔을 꺼냈을 땐 하나의 잔이 그의 손에 들려 있었다.

그것은 술잔이라고 하기엔 너무 컸고 장식용이라고 보기에도 칙칙하고 볼품없었다.

마치 인간이 쓰는 물건이 아닌 느낌.

생도들이 멍하게 굳어 있을 때 루인이 리리아에게 다가갔다.

"리리아. 먼저 확증이 필요하다."

"확증……?"

나직이 고개를 끄덕이던 루인이 헬라게아 속에서 꺼낸 잔을 내밀며 다시 입을 열었다.

"용족의 피를 이은 어브렐가의 전설. 순혈의 인간이 아닌 용족과의 혼혈이 사실이라면 이 잔을 통해 구분할 수 있다."

"……."

"이 잔에 피를 떨어뜨려라, 리리아."

마족들이 고위 마장이 되려면 진화를 위해 다른 더러운 종과 섞이거나 다량의 피를 섭취하여 권능을 쌓은 것이 아니라는 것을 증명해야 했다.

이 잔은 그런 마계의 마족들이 일족(一族)의 순수를 증명하는 '순수의 잔.'

혈액에 한 종 이상의 다른 이종의 피가 섞여 있을 시, 이 잔은 짙은 푸른색으로 변한다.

우우우웅-

어느덧 허공에 떠오른 루인의 마력 칼날.

잠시 차가운 눈으로 루인을 바라보던 리리아는 입술을 깨물며 자신의 손가락을 마력 칼날에 비꼈다.

뚝뚝.

커다란 순수의 잔에 리리아의 피가 떨어지자.

잔 속의 복잡한 룬 문양을 따라 리리아의 피가 역류하기 시작한다.

잔 속의 룬 문양이 모두 핏빛으로 물들었을 때.

"어? 잔의 색이 변했다!"

잔의 색이 진한 푸른빛으로 변하자 루인이 다시 헬라게아

속으로 잔을 밀어 넣었다.

드디어 루인이 만들 포션의 종류가 확정된 것이다.

"용족의 피가 너희 어브렐가의 혈족에게 강력한 우성(優性) 효과를 일으킨 건 확실한 것 같다. 다만, 인간이 감당하기엔 너무 강력한 권능이라 부작용이 생긴 것 같군."

"……."

지금부터는 리리아의 각오가 중요했다. 이 포션을 먹는 일은 그녀가 받아들일 수 있어야만 했다.

"네 심장병 따윈 단숨에 없앨 수 있다. 다만 그것은 용족의 피에 담긴 권능을 모두 포기해야만 가능하다. 네 마나 감응력과 같은 마법적 재능이 모두 사라진다는 뜻이지."

지켜보던 다프네가 현명함을 드러냈다.

"이종의 피가 섞여 있던 혈통을 인간의 순혈로 되돌리는 효과를 지닌 포션인가요?"

고개를 끄덕이는 루인.

"그래. 그래서 엄청난 고통이 뒤따르지."

침묵하던 리리아는 루인을 바라보며 진득한 눈빛을 빛냈다.

"네가 보기엔 마법의 성취를 좌우하는 건 재능인가? 아니면 노력인가?"

마법적 재능은커녕, 마법의 저변이 한 줌도 존재하지 않는 검술명가에서 태어난 루인.

그런 루인이 대마도사가 될 수 있었던 건, 마신이라는 비현실적인 존재의 가르침만이 전부는 아니었다.

악제를 향한 처절한 증오, 동료들을 지키고자 했던 강대한 의지.

그러므로 이 질문에 대한 루인의 대답은 너무나 확고했다.

"의지다."

그럴 줄 알았다는 듯 리리아가 웃었다.

"네 포션을 마시겠다."

"살면서 겪을 고통을 하루 만에 모두 겪게 될 거다."

"상관없다."

"좋아."

루인이 연구동을 향해 망설임 없이 걸어갔다.

Chapter. 33

덜컥-

갑자기 연구실에 들이닥친 루인을 멍하니 바라보고 있는 조셀린.

지난밤의 연구로 피폐해진 그녀의 얼굴에 금방 당황스러운 감정이 떠올랐다.

"너, 너는?"

"누구야? 다들 논문을 쓰거나 수업에 들어갔을 텐데?"

수북이 쌓인 연구 서류 옆으로 슬쩍 고개를 내민 마법 생도는 볼칸.

"……루인?"

곧 루인이 통보하듯 말하며 빈자리에 앉았다.

"자리 좀 쓰지요."

"뭐, 뭐야? 거긴 리베토의 책상⋯⋯!"

가타부타 말도 없이 책상 위의 마도서와 필기도구, 각종 연구 도해들을 모두 구석으로 밀어 버린 루인.

이어 그가 선반 위에 비치되어 있는 마력 화로, 플라스크, 시약병, 스포이드 등 포션 제조에 필요한 물건들을 모조리 챙기기 시작했다.

"너! 함부로 실험 도구를⋯⋯!"

함부로 실험 도구를 다루는 것도 문제였지만 그 양도 문제였다.

연구실에 여유분으로 남아 있던 8개의 마력 화로를 몽땅 가져가 버린 루인.

값비싼 마력 화로는 모든 시약 제조의 메인이다.

아무리 연구가 급해도 보통 한 명당 한두 개로 제한되는 물품인데 그걸 몽땅 가져가 버리다니!

당연히 마력 화로가 8개니 플라스크건 시약병이건 루인은 보이는 대로 죄다 주워 담고 있었다.

순식간에 선반이 텅텅 비어 버린 상황.

아니 저 미친놈은 8개의 마력 화로를 도대체 어떻게 구동하겠다는 거지?

무슨 마력이 무한이라도 되나?

"이, 이게 무슨 짓이냐! 설명이라도 좀 해 봐!"

"열쇠를 준 건 선배입니다."

"……뭐?"

"연구실을 쓰라고 준 것 아닙니까?"

"……."

어떻게 그걸 그렇게 받아들이는 거지?

선배들이 불렀을 때 출입하라고 준 것이지 연구실을 쓰라고 준 게 아니다.

아무리 무등위라고 해도 1년 가까이 아카데미 생활을 한 녀석이었다.

마법사들은 자신의 공간이 훼손되는 것에 극도로 민감하게 반응한다는 걸 충분히 경험했을 것이다.

있는 대로 화가 치민 볼칸이 자리에서 벌떡 일어난 그때였다.

루인이 웬 자루를 하나 꺼내더니 그대로 책상 위에 쏟아 내기 시작한 것.

드르르르르-

한눈에 보기에도 범상치 않은 느낌의 재료들이었기에 조셀린이 화들짝 놀라며 루인에게 다가갔다.

"후, 후배님. 이게 다 뭐야?"

흐릿한 빛을 머금고 있는 약초들.

온갖 용액이 담긴 형형색색의 시약병들.

기이한 형태의 숫돌과 마치 고문 기구처럼 흉악해 보이는 절단 도구들.

그리고 마지막으로-

자루에서 쿵- 하는 소리를 내며 떨어진 괴물체.

"헐?"

스파크처럼 간헐적으로 일렁이고 있는 마력 뇌전.

조셀린이 황당한 얼굴로 볼칸을 쳐다봤다.

"저거…… 내가 알고 있는 그거…… 맞지?"

"아니 미친……!"

그것은 커다란 마정(魔精)이었다.

그 값비싼 마정석의 근원 촉매.

도감에서 수도 없이 보았지만, 저만한 크기의 마정, 그것도 실체화된 뇌전이 저렇게 강렬하게 얽혀 있는 마정은 처음 보는 것이었다.

도대체 품고 있는 마력의 질이 얼마나 순수하길래?

저 정도로 엄청난 양질의 마정이라면 마정석을 수십 킬로그램을 제조하고도 남을 것이다.

볼칸은 루인의 자루에서 떨어져 나온 저 무식한 마정의 가치를 가늠할 수가 없었다.

그때.

책상에 앉은 루인이 가루나 용액 따위가 담긴 시약병을 차례로 분류하더니.

털.

두 손으로 마정을 우악스럽게 움켜쥔다.

볼칸과 조셀린의 입이 크게 벌어졌고.

이내 점점 반응을 보이기 시작하는 마정.

"마정을 손으로 움켜쥐어?"

"미, 미, 미친!"

마정은 그 자체로 살아 있는 마력 생물과 비슷하다.

외부의 반응에 극도로 민감하며, 자그마한 자극에도 마력 얽힘 현상이 붕괴되어 순식간에 평범한 돌로 변할 수도 있는 것이다.

때문에 마도학자들은 마정에 담긴 마력의 성질을 살피고 양을 가늠하는 데만 수개월, 길게는 몇 년이 걸리기도 했다.

그런 연구를 모두 마친다 해도, 도식화된 마력회로를 새기고 추출하는 시간 역시 엄청나게 소요된다.

그런데.

마정이 내뿜고 있던 불규칙적인 마력의 흐름, 그런 마력 얽힘 현상이 잦아들며 일정하고 부드러운 느낌의 마력이 흘러나오기 시작했다.

그 즉시 루인의 수인이 허공에 맺힌다.

거세게 맥동하기 시작한 융합 마력은 루인의 염동과 의지에 따라 그대로 하나의 마력진으로 화했다.

파파팍!

더욱 멍해지는 볼칸과 조셀린.

커다란 마정에 통째로 새겨져 버린 미지의 마력진.

복잡한 마력회로가 눈부신 형광빛을 머금으며, 마정이 뿜고 있던 마력과 동화(同和)되어 버린 것이었다.

볼칸은 그런 마력진의 기하학적 형태를 끈질기게 관찰하고 있었지만 도무지 회로에 담긴 기전이나 수법을 파악할 수 없었다.

생전 처음 보는 형태의 마법진.

얼핏 룬(Rune) 문양 같아 보이기도 했지만 자신이 아는 마법의 체계에 저런 독특한 룬 조합 술식은 존재하지 않았다.

한데 이어진 루인의 행동에 볼칸은 또 한 번 정신이 나가 버렸다.

마정의 마력 추출이 시작된다.

일정하게 흘러나오기 시작한 마정의 마력이 서서히 마법진을 핵(核)으로 삼아 고유의 마력 파장을 내뿜는다.

다시 맺혀 가는 루인의 염동.

평행하게 그어진 여덟 개의 기다란 마력회로.

화르르르르-

순식간에 타오르기 시작한 마력 불꽃들을 넋이 나간 표정으로 바라보고 있는 볼칸과 조셀린.

루인이 여덟 개의 마력 화로를 저런 무식한 방식으로 구동할 줄은 상상도 하지 못했다.

대체 어떤 마도학자가 5분도 안 되는 시간 안에 마정의 연구를 마치고 마력진을 새기며 곧바로 마력 추출에 임할 수 있단 말인가?

"이, 이게 말이 돼?"

"자, 잠깐! 불꽃의 크기가 달라!"

"뭐?"

정말로 여덟 개의 마력 화로, 각각의 불꽃의 크기가 모두 달랐다.

마력회로 단계에서 이미 필요한 화력을 조절해 버린 것.

물론 이건 볼칸과 조셀린에게도 불가능한 것은 아니지만 문제는 시간이었다.

시료 조합법에 따라 융해, 기화 따위에 필요한 화력은 천차만별.

또한 마법 재료들은 성질에 따라 각각의 끓는점이 다른 경우가 많았고, 이 때문에 수많은 시행착오를 거치며 화력을 미세하게 조정해 나가는 작업이 반드시 필요했다.

그러므로 마력회로 단계부터 이미 모든 화력의 조절을 끝내 버린 의미는 단 하나였다.

자신이 가져온 모든 재료의 특성을 이미 이해하고 있다는 것.

예상대로 루인은 여덟 개의 플라스크에 시약이나 가루 따위를 모두 채워 넣더니, 마치 평생 해 온 듯한 빠른 손놀림으로 마력 화로 위에 얹기 시작했다.

"……."

웬만한 귀족가의 일 년 재정과 맞먹는, 아니 어쩌면 그 이상의 값어치를 지닌 마정을 한낱 마력 화로의 땔감으로 써 버리는 기상천외한 광경.

당연히 볼칸은 그런 루인을 미친놈 보듯이 쳐다보고 있었다.

보글보글.

루인은 끓거나 융해되기 시작한 여덟 개의 마력 화로들을 묵묵히 살피더니, 느긋하게 팔짱을 끼며 책상 위에 두 다리를 올렸다.

어느새 눈마저 감아 버린 무등위 생도.

"호호, 두 눈으로도 지켜보고도 도무지 믿을 수가 없네."

오직 마도학자를 꿈꾸며 생도 생활을 보내고 있는 조셀린.

당연히 그녀는 완벽에 가까운 루인의 실력에 넋이 나갈 수밖에 없었다.

아무리 미리 알고 있는 재료라고 해도 공장에서 찍어 내지 않는 이상 세부적인 특성은 조금씩 다를 수밖에 없다.

한데 미세한 화력 조정 하나 없이 눈을 감아 버렸다는 것.

그 말은 자신의 재료 조합식, 그 모든 제조 과정에 대해 완벽한 확신이 서 있다는 의미일 것이다.

"난 저 값비싼 마정을 고작 마력 화로의 연료로 쓰고 있다는 게 가장 놀랍다."

"그것도 그렇긴 해."

거대한 크기, 게다가 놀라운 마력의 밀도를 내뿜고 있는 무시무시한 마정.

마정석으로 만든다면 왕국의 전략 병기, 마장기의 동력으로도 쓸 수 있을 만한 엄청난 가치.

"대체 왜 이렇게 의미 없이 마정을 써버린 거냐?"

루인이 실눈을 떴다.

"심상 수련을 하고 있습니다."

"뭐?"

그럼 자신의 마력이 모자라거나 아까워서가 아니라 이 와중에도 이미지를 하기 위해 마정을 써 버렸단 말인가?

조셀린이 볼칸을 쳐다보며 웃었다.

"아무래도 마법학부에 역대급 미친놈이 등장한 것 같아."

-루인. 너 많이 바뀌었다.

-형님, 너무 달라지셨어요.

-허허허…… 내가 아는 자네가 맞나?

변했다는 말.

지난 생 흑암의 공포가 가장 많이 들었던 말.

살아남기 위해, 동료들을 지키기 위해 언제나 자신은 변화하고 적응해야 했다.

모든 감정이 하얗게 탈색되기 전.

원래의 모습은 어땠을까.

이 루인이 절망과 증오에 물들기 전에는 과연 어떤 인간이었을까.

과거의 자신은 작은 기쁨에도 마음껏 웃을 수 있었을 것이다.

실없는 농담도 곧잘 했을 것이고, 예쁜 여자를 보면 두근거렸던 때도 있었을 것이다.

너무 오래된 과거.

모든 감정이 희석되어 아득한 잔상처럼 남아 있는 추억이었지만 점점 그때의 기억이 되살아났다.

도저히 심상에 집중할 수 없었다.

리리아가 힘겹게 뛰던 모습.

간혹 짓던 뾰로통한 표정.

매섭게 쏘아붙이던 목소리.

말할 수 없는 아픔을 담고 있던 눈빛.

그 모든 리리아의 장면들이 파편처럼 떠올라 심상을 어지럽혔다.

두려워하고 있었다.

슬픔으로 추억하는 삶, 그 무기력한 때를 본능적으로 두려워하고 있었다.

사람을 잃는다는 건, 언제나 루인의 재앙이었고 견딜 수 없는 고통이었다.

'……'

의아했다.

생도들, 아니 이번 생의 친구들과 쌓은 추억의 성은 그리 크지 않았다.

그렇다면 이런 감정은 무엇에 기인한 감정일까.

루인은 자신이 또 한 번 변했다는 것을 비로소 받아들였다.

생도들의 열정을 바라보는 것이 단순한 기꺼움으로 끝나지 않았다.

모두 지켜 주고 싶었다.

또 축복해 주고 싶었다.

찬란하게 빛나는 그 젊음들을 내내 보듬어 주고 싶었다.

하지만 이 작은 여유, 이 이유 모를 감정을 사치라고 여기기는 싫었다.

적어도 예전의 동료들이라면, 이렇게 변한 자신에게 보기 좋다고 웃어 줬을 테니까.

이틀 만에 눈을 떴다.

어느새 마법학부의 쟁쟁한 리더 생도들이 모두 모여 자신의 책상을 바라보고 있었다.

열정적인 눈빛들.

루인이 눈을 뜨기만을 기다렸던 생도들이 일제히 갈망을 드러냈다.

처음으로 입을 연 생도는 루인이 앉아 있는 책상의 원래 주인인 리베토였다.

"후배님. 다른 건 어떻게든 이해해 보겠는데…… 처음에 마정을 손으로 움켜쥔 건 왜 그런 거야?"

볼칸과 조셀린이 마정에서 마력을 추출했던 모든 과정을 생도들에게 이미 공유한 모양이다.

하지만 루인은 자신의 수법을 설명할 수 없었다.

설명을 한다고 해도 이해하지 못할뿐더러 받아들이기는 더더욱 힘들 터.

또한 마도란 마법사마다 길이 다르다.

무한한 가능성을 지닌 이 소년들의 마도를 굳이 자신의 마도로 제한하긴 싫었다.

"이번 제조가 끝나도 이 마정에는 충분한 마력이 남아 있을 겁니다. 저는 이 마정을 선배들의 연구실에 기증할 생각입니다."

"뭐? 그게 진짜야?"

측량할 수 없는 가치를 지닌 마정을 한낱 마법 생도들의 연구실에 기증을 하다니!

하지만 그런 마정의 물질적 가치에만 눈독을 들이는 생도들은 이 자리에 한 명도 없었다.

"마, 마정을 연구해 볼 기회라니!"

"미친! 마탑에서나 다뤄 볼 수 있을 거라고 생각했는데!"

"이거 지금 꿈 아니지?"

마정은 왕국이 관리하는 전략 물자.

당연히 마정을 다루는 일이란 입탑 마법사, 그중에서도 고위 마법사들에게만 허락된 영역이었다.

마정을 해부할 듯이 이글거리며 바라보는 눈빛들.

그런 생도들의 열정에 더욱 기분이 좋아진 루인은 그 외에도 몇 가지 남는 마력 촉매와 희귀한 시약들을 생도들에게 주르륵 밀었다.

"이 나머지들도 연구해 볼 만할 겁니다."

그러나 루인이 내민 마력 촉매와 시약들의 정체를 알아보는 마법 생도는 아무도 없었다.

어리둥절한 선배 생도들의 표정을 살피던 루인이 흐뭇하게 웃으며 하나하나씩 설명했다.

"이 촉매는 펜리르의 눈물과 비슷한 효과를 냅니다."

"페, 펜리르의 눈물!"

그것은 요정족의 영수, '펜리르'가 슬픈 감정에 취했을 때 극소량 채취할 수 있다는 최상의 마력 촉매 재료였다.

하지만 펜리르는 하이엘프의 군주가 다루는 영수.

게다가 요정족은 남다른 배타성을 지닌 종족이라 인간들에게 호의적이지 않았다.

당연히 마법사들은 평생을 살면서 펜리르의 눈물을 한 번도 경험하지 못하는 경우가 대다수였다.

도감에서나 겨우 볼 수 있었던 그 영롱한 자태를 지금 실물로 바라보고 있는 것이었다.

볼칸이 의문을 드러냈다.

"펜리르의 눈물이면 펜리르의 눈물이지 비슷한 효과를 낸다는 건 무슨 뜻이지?"

당연히 루인은 마계의 포악한 괴수 '엑셀레톤의 피'라고 말할 수는 없었다.

"마력 증폭 효과와 특유의 수기(水氣)가 비슷하거나 오히려 더 진할 겁니다. 연구해 보면 금방 알게 될 테니 직접 확인해 보시죠. 그리고 이건……."

루인의 입에서 나열되고 있는 온갖 마력 촉매들.

하나같이 그 모든 것들은 마법사가 평생을 살아도 만져 볼 수 없을 만큼의 희귀한 재료들이었다.

드디어 생도들은 놀라운 재료들의 면면보다 루인을 향해 궁금증을 드러내기 시작했다.

"마정부터 이 엄청난 재료들까지…… 대체 어디서 구해 온 거야?"

"혀, 현자님의 실험실도 이 정도까진 아닐 거라고!"

루인이 무심한 얼굴로 재료들을 회수하기 시작했다.

"싫으면 돌려주든가."

"아, 아니다!"

"우악!"

리더 생도들의 손이 허겁지겁 몰려와 루인의 팔을 동시에 잡았다.

그때, 루인이 미리 설치해 둔 알람 마법이 울렸다.

삐- 삐삐-

획 하고 고개를 돌려 마력 화로들을 바라보던 루인이 그중에서 한 플라스크를 회수해 그대로 책상에 내려쳤다.

쨍그랑-

마력 융해를 마친 새까만 무언가가 플라스크 밖으로 툭 하고 떨어졌다.

마력 화로의 화력이 얼마나 강했는지, 플라스크에서 나온 완성품은 강철처럼 단단해져 있었다.

루인이 고문 기구처럼 무식한 가위를 집어 들더니 그대로 내려쳤다.

까앙-

완성된 시커먼 시료에 흠집 하나 생기지 않자 루인이 흡족하게 웃었다.

첫 번째 재료의 완성이었다.

여기에 혼돈마수의 수염으로 끓인 시약을 부은 후, 나머지 재료들을 조합하면 '단혼(斷魂)의 시약'이 완성된다.

사실 단혼의 시약은 부정한 방법, 즉 타종족의 피를 섭식하거나 이종 교배를 통해 권능을 쌓아 올린 마족들을 징벌하기 위한 일종의 고문 도구.

이종(異種)의 피로 쌓아 올린 모든 권능을 소멸시킬 수 있으며, 그 과정 속에 상상도 할 수 없는 고통을 느끼게 만드는 형별의 재료였다.

물론 마족의 강건한 육체에 비해 심각하게 나약한 인간의 특성에 맞추었다.

하지만 아무리 인간의 특성에 맞게 배합을 조절했다고 해도 리리아가 견딜 수 있을지는 미지수였다.

또다시 몇 차례 알람이 울렸고.

그렇게 여덟 개의 알람이 모두 끝났을 때 드디어 루인이 시료들의 배합을 시작했다.

루인이 마력 화로 하나를 움켜쥐자.

마력 화로에서 엄청난 화력이 치솟았다.

화르르르르-

루인의 강대한 융합 마력이 모든 재료들을 통으로 녹여 내고 있었다.

그 와중에도 시료의 특성과 조합법에 맞게 화력이 시시각각 변화했다.

5개의 고리를 완성한 후 전력으로 융합 마력을 끌어올린 것은 처음이었기에 루인은 여느 때보다 신중한 표정이었다.

연구실을 가득 메워 가는 융합 마력의 파동.

그 순수하고 아득한 마력의 잔향에 생도들은 정신을 차릴 수 없었다.

그러나 그런 루인의 강렬한 마력의 파동은 사흘이 지날 때까지 잦아들지 않았다.

생도들이 수업을 마치고 왔을 때도, 다음 날이 밝았을 때도, 여전히 루인은 미동도 하지 않은 채 마력 화로에 마력을 밀어 넣고 있었다.

인간이 일주일 가까이 아무것도 먹지도 자지도 않고 마력을 내뿜을 수 있다는 것.

마법 생도들에게 루인은 이미 경악을 넘어 경이로움이었다.

흐릿한 마력 등불을 손에 쥔 채 유적 동굴에 나타난 루인.

눈에 띄게 수척해진 루인의 얼굴을 살핀 시론이 자리에서 벌떡 일어났다.

"뭐냐? 무슨 일이 있었던 거냐?"

"루인 님!"

말없이 리리아에게 다가간 루인.

곧 그가 생도복의 주머니에서 단혼의 시약이 담긴 병을 꺼내 그녀에게 내밀었다.

"이걸 먹으면 된다."

칙칙한 혈광을 품고 있는 작은 시약병.

시론이 불길한 눈으로 단혼의 시약을 쳐다봤다.

"독약은 아니겠지?"

루인은 긍정도 부정도 하지 않았다.

어쩌면 인간에게 독약보다 더한 고통을 줄 수 있는 시약.

버텨 내지 못하면 죽을 수도 있는, 고위 마족들마저 두려워
하는 무서운 포션이었다.

이 포션의 이름은 혼을 끊어 낸다 하여 단혼(斷魂).

끔찍한 고통을 경험한 마족들이 소스라치게 두려워하며
붙인 이름이었다.

"……."

말없이 단혼의 시약을 바라보던 리리아가 천천히 고개를
들어 루인의 시선과 얽혔다.

얼굴만 봐도 알 수 있었다.

그가, 저 루인이 얼마나 애썼는지를.

"웬만하면 혼자 있을 때 먹도록 해."

리리아의 성격상, 처절하게 비명을 지르며 고통에 몸부림
치는 모습을 친구들에게 보이기 싫을 것이다.

"그리고 이것들도."

루인이 다시 리리아에게 내민 것은 똑같은 빛깔의 시약병
두 개였다.

리리아가 의문의 눈빛을 건넸다.

"세 병을 나눠서 먹어야 하는 건가?"

"아니."

루인이 읊조리듯 작게 말한다.

"너에게도 소중한 가족이 있을 테니까."

"아⋯⋯."

언니.

리리아는 지금도 고통 속에서 죽어 가는 언니가 순간적으로 떠올랐다.

의지와 상관없이 주르르 흘러내리는 눈물.

상상도 해 보지 못했다.

언니가 예전처럼 돌아올 수도 있다는 것을.

그런 희망을, 그런 꿈같은 일을 한 번도 떠올려 보지 못했다.

어브렐가의 멸화(滅禍)란 그런 것이었으니까.

"너⋯⋯."

벅차오르는 마음, 열꽃처럼 번져 가는 그 감정에 리리아는 말을 이을 수 없었다.

말없이 웃고만 있는 루인.

리리아는 결국 자신이 해야 할 말이 하나뿐이라는 것을 깨달았다.

"⋯⋯고마워."

"더 많이 제작하려고 했는데 세 병이 한계였다. 마지막 단계의 시료 조합 땐 반드시 강대한 마력이 필요한데, 지금의 나로서는—"

"됐다."

더욱 눈물을 터뜨리는 리리아.

"알고 있다. 네가 얼마나 노력했는지. 그 얼굴만 봐도 나는⋯⋯."

언니를 구할 수 있다는 희망.

리리아는 루인에게 무슨 보답을 해야 할지를 끊임없이 떠올려 보았다.

하지만 사람의 목숨값을 무엇으로 지불할 수 있단 말인가.

그 순간.

루인과 마주한 그대로 시약병을 따서 마시는 리리아.

"⋯⋯."

불길한 무언가가 내부에서 느껴진다.

인체의 모든 감각을 파고드는 극한의 고통이 순식간에 온몸을 집어삼킨다.

하지만 리리아는 악착같이 웃고 있었다.

온몸의 피가 역류하는 듯한 고통, 혼절할 것만 같은 정신을 미칠 듯이 부여잡았다.

털썩.

가슴을 움켜쥔 채로 무릎을 꿇어 버린 리리아를 루인이 의

문으로 바라보고 있었다.

"왜……."

고통은 짧지 않을 것이다.

아마도 오늘 밤 내내 리리아는 비명을 지를 것이다.

강력한 마족의 육체도 버티지 못하는 엄청난 고통이 인간의 연약한 육신을 갈가리 찢어 버릴 것이다.

"……네가 준 목숨이잖아."

온몸을 떨며 가까스로 일어나는 리리아.

그녀의 육체가 폭풍을 맞이한 앙상한 가지처럼 흔들리고 있었다.

"……언니가 살 수 있다잖아."

고통을 씹어 삼키던 리리아의 입가에 핏물이 흘러내린다.

"리리아 드리미트 어브렐."

그녀가 마도의식을 맹세하며 혼절했다.

"너를 위해 살겠……."

풀썩.

고통으로 흘러져 내린 그녀는 내내 웃고 있었다.

루인의 복잡한 시선이 허공을 갈랐다.

◆ ◈ ◆

에어라인의 아침이 무척 분주해졌다.

많은 물자들이 상업 지구 블록을 향해 밀려들고 있었고 좁은 거리에 사람 역시 넘쳐나고 있었다.

기원제.

추수감사제와 더불어 르마델 왕국의 가장 큰 행사를 앞둔 에어라인은 왕국의 여느 도시와 똑같은 풍경이었다.

더구나 에어라인에는 왕국의 중추라 할 수 있는 대귀족들이 모두 몰려들 예정.

특히 하이렌시아가와 봉신가, 그들과 협력 관계에 있는 방계 가문들, 거기에 동맹 가문들까지.

그런 렌시아계의 사절단만 해도 그 수가 수천여 명에 이르렀다.

또한 현 왕실의 직계 왕족들과 그들의 친인척들까지 합한다면 이 좁아터진 에어라인 위에 일만 명 이상이 모여드는 것이다.

덕분에 길드 상인들의 표정은 밝았다.

이 짧은 기원제 동안 반년 수입과 맞먹는 매출을 올릴 수 있었기 때문.

대귀족들은 에어라인의 특산품을 일종의 사치품으로 여겼다.

그들에겐 에어라인의 특산품들을 얼마나 많이 구입해서 고향으로 되돌아왔는지가의 부(富)와 명성을 판가름하는 척도.

당연히 안 그래도 미쳐 버린 에어라인의 물가는 더욱 살인적으로 높아졌다.

상업 지구 블록의 이곳저곳을 다니며 몇 번 흥정을 시도하던 세베론이 포기한 듯 고개를 절레절레 저었다.

"이야…… 아무것도 살 게 없네."

시론이 웃었다.

"돈이 없는 거겠지."

"안 그래도 우울한데 너무 때리지 마."

이 에어라인의 특산품은 놀랍게도 의류였다.

직물의 산지도 아닌, 또한 특별히 방직 기술이 훌륭한 것도 아닌데도 에어라인의 의류가 불티나게 팔리는 이유.

그것은 에어라인에서 재가공된 의류의 디자인이 왕국을 선도하고 있기 때문이었다.

최상위 권력층을 동경하고 흠모하는 건 인간의 본능.

당연히 이 부르주아의 에어라인에서 유행하는 의류 스타일은 언제나 왕국 전역을 휩쓸었다.

시론은 왕성에 비해 수십 배는 비싼 옷들이 불티나게 팔리는 광경에 혀를 내두를 수밖에 없었다.

"역시 인생은 돈인가……."

그런 시론의 읊조림에 루인이 피식 웃어 버렸다.

왕국을 살아가는 대부분의 백성들은 평생을 이 에어라인의 존재조차 모르고 살아간다.

지금 에어라인을 거닐고 있는 것 자체가 특권이자 계급.

"아직 귀족의 물을 빼려면 한참은 멀었군."

"뭐 인마?"

그때 다프네의 걱정기 어린 목소리가 들려왔다.

"……리리아는 괜찮겠죠?"

리리아가 혼수상태로 무의식적인 비명을 지르기 시작했을 때 유적 동굴에는 슈리에만 남았다.

"난 리리아를 믿는다."

루인은 그녀가 살아남을 것을 의심하지 않았다.

멸화의 심장을 지니고도 그 힘든 수련을 한 번도 빠진 적 없는 의지와 열정.

그런 불꽃같은 삶을 향유하던 리리아에게 고작 고통 따위가 장애가 될 순 없었다.

〈 저도 남을 걸 그랬어요. 〉

"고통에 몸부림치는 모습을 타인에게 보여 주고 싶은 사람은 없다, 루이즈. 슈리에는 리리아와 남다른 사이이니 잘 돌볼 거야."

다프네가 다시 루인을 쳐다봤다.

"그나저나 뭔가 큰일이 일어난 것처럼 마법학부가 뒤집어졌던데…… 역시 루인 님 때문이겠죠?"

"……."

보나 마나 자신이 남겨 놓은 마정 때문에 모든 교수들과 마법 생도들이 호들갑을 떨며 연구실에 모여들었을 것이다.

하지만 루인은 하나도 아깝지 않았다.

고작 마정 하나로 리리아를 살릴 수 있었고 마법학부에 뜨거운 열정을 지폈다.

마법사들이 열정을 불태울 연구를 만났으니 아마도 꽤 오랫동안 그들은 살아 있는 기분을 느낄 것이다.

뭔가 시원한 기분이었다.

오랫동안 자신을 괴롭히던 족쇄를 어느 정도 해금(解禁)한 느낌.

너무 거대한 목표 의식 때문에 생겨난 관계의 장벽, 내내 닫혀 있던 감정들이 조금은 허물어진 느낌이었다.

이 왕국, 아니 모든 인간의 역량은 어차피 강화되어야 한다.

과연 인간 마법사들이 마계의 마정을 가공하는 데 성공할 수 있을지 궁금하기도 했다.

"등급 생도들에게 마정을 연구할 수 있는 길을 열어 줬다."

"네에……?"

"뭣!"

점점 일그러지는 시론의 얼굴.

"치, 치사한 자식! 우리는? 우리한테 먼저 기회를 줬어야지!"

어깨가 축 처져 버린 다프네.

"너무해요. 저도 마정을 연구하고 싶은데."

마정은 모든 마법사들이 꿈꿔 온 연구 재료.

당연히 생도들은 선배들에게 그런 엄청난 기회를 선사한 루인에게 섭섭함을 느낄 수밖에 없었다.

"정말 부럽네. 마법사의 평생 동안 한 번을 보기 힘든 마정을 연구할 수 있다니. 선배들 중에 마도학자가 여럿 탄생할 수도 있겠어."

세베론 역시 아쉽다는 눈빛.

루인은 웃어 버렸다.

이 녀석들은 지금 본인들이 얼마나 엄청난 기회를 움켜쥐었는지 꿈에도 모르고 있었다.

지금 녀석들이 경험하는 건 태초의 마법사 테아마라스 사후 두 번째로 '대마도사'의 칭호를 움켜쥔 존재의 가르침.

한낱 마정 따위와는 비교도 할 수 없는 엄청난 행운을 거머쥔 녀석들이었다.

그 사실을 까맣게 모르고 고작 마정 따위에 불평불만을 늘어놓고 있으니 헛웃음이 치밀 수밖에.

"아! 하이렌시아가의 사절단이에요!"

생도들이 동시에 다프네의 시선을 좇았다.

화려한 마차의 행렬.

형형색색의 외부 장식과 기다란 깃대.

위풍당당하게 펄럭이고 있는 불새의 깃발.

그 뒤를 이은 화려한 봉신 가문의 행렬.

엄숙한 표정으로 절도 있게 행진하고 있는 방계의 기사들까지.

왕국을 지배하는 불사조(Phoenix)의 가문, 또 다른 대공가로 거듭난 하이렌시아가의 행렬은 장엄함 그 자체였다.

좁은 상점가를 가득 메워 버린 그 행렬은 끝도 보이지 않을 지경이었다.

"이토록 많은 하이렌시아가의 사람들이 어떻게 에어라인에 입천한 거지?"

"야간에 비행정으로 왔겠지. 공간 이동으론 불가능해."

"와, 마력 비행정이라니. 저도 한 번만 타 봤으면 소원이 없겠어요."

에어라인은 공간 이동이 불가능한 부피의 물자, 혹은 특별한 행사가 있을 시에만 마력 비행정을 운용한다.

하지만 마력 비행정을 운용하는 건 오히려 공간 이동진보다 더 많은 비용이 소요되었기에 일부 요인들에게만 극히 제한적으로 운용되고 있었다.

그렇게 각자의 감상을 주고받던 생도들이 루인을 쳐다봤을 때.

그들은 하나같이 숨을 죽이고 말았다.

루인의 두 눈.

서슬 푸른 날붙이처럼 매서워진 그의 눈빛이 하이렌시아가의 행렬을 해부할 듯 직시하고 있었다.

일말의 감정도 느껴지지 않는 그의 차가운 눈빛이란 보기만 해도 오금이 저려 올 정도.

생도들은 의아할 수밖에 없었다.

마법사든 기사든 왕국을 살아가는 신민이라면 그들과 적대해 봤자 좋을 일이 없었다.

그럼에도 루인은 유난히도 불새의 가문을 적대했다.

지난 시간 동안 생도들이 몇 번이고 느꼈던 감정.

"하이렌시아가에게 무슨 원한이라도 있는 거예요?"

"……."

사람의 원한 따위로 치부할 일이 아니다.

자신과 쟈이로벨의 추측대로 저 렌시아가가 악제와 연관이 있다면 오로지 소멸의 대상일 뿐.

대마도사의 지혜와 마법, 하이베른의 모든 것을 동원해서라도 반드시 분쇄해야 할 인류 연합의 적일 뿐이었다.

웅성웅성.

"사자다!"

"왕국의 기수가다!"

그런 군중들의 외침 소리에 루인과 생도들의 시선이 일제히 행렬의 후방을 향했다.

왕국의 기수, 르마델의 금린사자기가 저 멀리 솟아나 있었다.

호기심이 잔뜩 치민 얼굴로 까치발을 들고 있는 생도들과
달리 루인의 표정은 급격하게 어두워졌다.

'아버지……'

위대한 사자의 가문, 천 년 동안 이어져 내려온 왕국의 대
공가가 행렬의 선두가 아닌 후방이었다.

왕국의 깃발 금린사자기가 불새의 그늘 아래 행진하고 있
는 것.

일개 가문이 왕국의 기수보다 앞질러 행진하는 행위는 다
른 왕국이었더라면 반역으로 다스렸을 일이었다.

이 르마델 왕국과 위대한 사자의 가문이 어떤 처참한 지경
에 이르렀는지를 여실히 느낄 수 있는 광경.

어쨌든 왕국의 두 대공 가문이 모두 모였으니 지켜보던 백
성들의 눈빛에는 기대와 흥분으로 가득했다.

"이번에 하이렌시아가가 기수 쟁탈전을 신청한다는 소문
이 있네!"

"허? 그게 정말인가?"

"20년은 긴 시간이지 않은가! 카젠 대공은 이제 노쇠하네!
몸이 예전 같지 않다는 소문이 있어!"

"나도 들었네! 카젠 대공께서 지난 몇 년간 영지 순찰 한 번
하지 않으셨다더군!"

"그게 정말인가……?"

"암! 레페이온 대공님이 새로운 왕국의 기수가 되셔야 해!"

주변 상인들의 말소리를 묵묵히 듣고 있던 루인이 희게 웃었다.

이건 까마귀들의 방식이다.

백성들 사이에 파고들어 교묘하게 진실을 과장하고 거짓을 선동하여 여론을 조장하거나 일정 분위기를 고조하는 방식.

더러운 까마귀들을 조종하여 일을 꾸미고 있는 놈들의 정체란 너무 뻔해서 헛웃음이 치밀 지경이었다.

"하이렌시아가의 가주 레페이온 대공께서 기수 쟁탈전을 염두에 두고 계신다는 게 사실일까요?"

"……."

하이렌시아가가 유일하게 차지하지 못한 기수의 군권까지 장악하게 된다면 이 르마델 왕국의 미래란 없을 것이다.

자칫하다간 왕조가 뒤바뀔 수도 있는 일.

전생에서도 6왕자 케튜스는 허수아비에 불과했다.

암중으로 국왕을 조종하여 왕국을 자유자재로 주무르던 막후의 가문.

한데 뭔가 전생과 다르게 흘러가고 있었다.

전생의 그들은 왕국의 기수를 탐낸 적이 없었다.

'역시. 파네옴 광산 때문인가.'

유일하게 전생과 다른 역사.

세헬가가 차지했을 파네옴 광산을 하이베른가가 귀속시켜

버린 것.

왕국의 북부 상권을 장악하고, 세헬가를 전초 기지로 삼아 하이베른가를 압박하려 했던 그들의 계획이 무산돼 버린 것이다.

오히려 북부 상권은 하이베른가가 장악해 버렸고 다리오 네가의 보웬 공마저 구금하고 있으니.

언제 모든 걸 털어놓을지 모르는 보웬 공은 그들에게 분명한 압박감과 메시지로 작용했을 것이다.

결국 이 모든 건…….

'나로 인해 벌어진 일이군.'

전생에 없었던 기수 쟁탈전.

그러나 루인은 웃고 있었다.

아버지를 믿고 있기 때문이었다.

사자왕은 노쇠하지 않았다.

사자왕은 예전의 기량을 충분히 회복했을 것이며 오히려 또 다른 경지를 개척해 나가고 있을 것이다.

척척.

어느덧 루인 일행의 근처에 다가온 하이베른가의 행렬.

드디어 아버지가 보였다.

'아버지…….'

시큼한 감정이 치밀어 오른다.

그리움 해소되며 가슴이 뜨거워진다.

기사의 신념과 명예, 기수가의 긍지가 아버지의 표정에 철갑처럼 드리워져 있었다.

육중한 갑주, 기수의 전마(戰馬) 위에 올라탄 채 대중을 굽어보고 있는 그의 눈빛이란 광포하고 용맹한 사자, 그 자체였다.

마차 따위로 자신을 감추지 않는, 아버지의 그 당당한 기백에 루인은 말할 수 없는 벅찬 감정을 느꼈다.

사자왕.

위대한 카젠.

그의 평생을 괴롭혔던 큰아들, 대공자의 투병.

저리도 완벽하게 아름다운 사자를, 저렇게 위풍당당한 영웅을 가주실에만 가두었던 원흉이…….

자신이었다.

'이제 모두 돌려 드리겠습니다.'

이제 영광을 돌려 드려야 했다.

오롯한 사자왕으로 군림할 수 있도록 도와 드려야 했다.

하이베른가 역사상 가장 위대한 군주로 남을 수 있도록, 이 대마도사 루인이 반드시 그렇게 만들어야 했다.

노쇠한 대마도사의 영혼이 억겁의 불처럼 타오르고 있었다.

다짐에 다짐을 거듭하며 자신의 둥지, 그 위대한 가문을 축복하고 있었다.

그때.

카젠의 뒤를 따르던 데인과 루인의 시선이 순간적으로 교
차했다.

"어? 형······!"

데인이 환해진 얼굴로 말에서 뛰어내리자.

-인비저빌리티(Invisibility).

한참 동안 정신없이 주위를 두리번거리는 데인.

하지만 그는 끝내 형님을 찾을 수 없었다.

◆ ◈ ◆

"분명 형님이었습니다."

데인의 단호한 대답.

아카데미의 생도 등위 체계상 이 시기에 에어라인에 입천
하는 건 불가능한 이야기였다.

하지만 사자왕 카젠.

그렇게 무등위 시절을 보내고 있을 자신의 큰아들이 에어
라인에 등장했다는 데인의 주장에도 그는 별달리 놀라는 표
정이 아니었다.

"너무 기분 상하지 말거라. 대공자가 아는 척을 하지 않는

다면 반드시 그에 합당한 이유가 있을 테지. 너도 잘 알지 않느냐."

데인은 담담한 표정으로 고개를 끄덕이고 있었지만 그 눈빛엔 섭섭한 마음이 고스란히 드러나 있었다.

흐뭇하게 작은 아들을 바라보던 카젠이 창밖을 향해 시선을 옮겼다.

저 멀리 보이는 에어라인의 왕성 블록.

상승 기류의 진동에 잔잔히 흔들리는 에어라인의 타일들을 차분하게 바라보던 그는 이 나라의 국왕, 르마델의 군주를 떠올렸다.

데오란츠 마르손 알칸 데 르마델.

이제 더 이상 그의 생각이 읽혀지지 않는다.

왕국의 기수를 행진 사열의 후방에 배치하여 왕가와 하이베른의 명예를 동시에 짓밟은 주체는 놀랍게도 왕실.

이건 왕실이 스스로 금린사자기의 권위를 렌시아가의 아래로 둔 것이나 마찬가지였으니……

오늘의 이런 위험한 결정은 왕국의 핸드(Hand) 레페이온의 독단적인 의지만으로는 결코 벌어질 수 없는 일이었다.

몇 개의 떠오르는 가정.

가장 최악은 금린사자기의 군권을 이미 왕실의 것이 아니라고 판단했을 경우였다.

어차피 렌시아가의 영향력 아래 귀속될 군권이라면, 그들

과 더욱 단단한 우호를 쌓아 확실히 왕실의 편으로 만들어 놓
겠다는 계산.

또 다른 가정은 왕실이 렌시아가에게 강력한 압박을 받고
있는 경우였다.

렌시아가의 권력이라면 왕실의 치명적인 약점 따위를 충
분히 쥐고 흔들 수 있을 테니까.

그렇게 카젠이 이런저런 생각으로 머리가 복잡할 때 다시
데인의 침울한 목소리가 들려왔다.

"아버지. 설마 본 가의 봉신가를 제외하면 더 이상은 우리
의 추종 가문이 없는 것입니까?"

기원제와 같은 왕국의 성대한 행사를 처음 경험한 데인에
게 그것은 커다란 충격이었다.

추종 가문들에게 구름처럼 둘러싸여 존경과 찬사를 받는
렌시아가와는 달리, 하이베른에게는 어떤 가문도 찾아오지
않았다.

심지어 베른 공작령과 인접한 가문들조차 렌시아가의 환
영정원으로 향했다.

그 옛날 베른 대공국에 충성을 맹세했던 북부의 가문들까
지 렌시아가의 영향력 아래 놓여 있다는 건 너무 충격적이었
다.

"아마도 그럴 게다."

"……."

비로소 데인은 가문의 새로운 변화를 위해 그토록 치열하고 조급하게 굴었던 형, 루인을 이해했다.

하이베른은 그저 껍데기만 남아 있는 왕국의 대공가, 그 이상도 그 이하도 아니었다.

저 깃대에 매달려 있는 금린사자기마저 사라져 버린다면…….

데인이 상상만으로도 끔찍하다는 듯 두 눈을 질끈 감았을 때.

스스스스-

이지러지는 공간, 오묘한 빛살이 몽글거리며 한 사람이 등장했다.

소스라치게 놀란 데인이 급하게 검을 뽑으며 아버지의 전면을 막아섰다.

"누구……! 어?"

어지럽게 흘러내린 짙은 흑발.

인간의 감정을 읽을 수 없는 아득한 눈빛.

오묘한 미소로 웃고 있는 청년, 루인은 달라진 데인의 기세를 보며 천천히 입을 열었다.

"성장했구나. 데인."

"……."

욱하고 치민 감정, 내내 가슴을 간질이던 그리움이 진눈깨비처럼 사라진다.

"형님!"

와락!

루인이 데인의 머리를 쓰다듬으며 아버지의 시선과 담담히 얽혔다.

온몸의 감각이 찌르르 울려 온다.

지난 생 무수한 초인들과 부딪치며 경험한 독특한 감각의 파장.

투기를 완벽히 갈무리할 수 있다는 의미는 단 하나.

초인이거나, 그 경지에 가까워졌다는 것.

루인은 아버지가 일 년도 안 되는 짧은 시간을 얼마나 치열하게 보냈는지 단숨에 느낄 수 있었다.

"……."

그것은 카젠이라고 다르지 않았다.

의복 따위로 감출 수 없는 완벽한 비율의 단련된 육체.

선명하게 느껴지는 강인함, 빈틈없이 서 있는 녀석의 자세에 카젠은 목울대를 꿀꺽거렸다.

또한 저 눈빛.

그것은 마법사의 현명함도 기사의 용맹함도 아니었다.

아무것도 읽을 수 없는, 철옹성처럼 단단해진 녀석의 안정된 눈빛에 결국 카젠은 인정하고 말았다.

"녀석…… 허풍이 아니었구나."

-제가 다시 가문에 돌아왔을 때, 아버지는 더 이상 저와 토론으로 승부하실 수 없을 겁니다.

자신의 감각권으로도 살필 수 없는 경지.

그 말은 벌써 이 대공자가 사자왕의 미지(未知)라는 뜻.

루인이 정식으로 가문에 돌아왔을 때, 어쩌면 자신이 큰 낭패를 볼지도 모른다는 생각에 카젠은 기분이 묘했다.

"아버지도 만만치 않습니다."

"하하하!"

모든 투기를 완벽하게 갈무리하고 있는데도 이 사자왕의 성장을 알아본다?

비로소 카젠은 이 무시무시한 큰아들이 초인의 영역을 살필 수 있는 감각까지 지니고 있다는 것을 깨달았다.

말할 수 없이 가슴이 벅차오른다.

하지만 티를 내진 않았다.

"형님. 그런데 여길 어떻게⋯⋯."

데인은 이런 루인의 불가사의한 능력을 선뜻 받아들이기 힘들었다.

하이베른가의 강력한 호위 기사들이 이곳 임시 사자정원을 겹겹이 에워싸고 있었다.

하늘에서 뚝 떨어진 것이 아니라면 그들의 민감한 감각을 뚫는다는 건 불가능에 가까운 일.

"마법이다, 데인."

인간의 영혼을 추적할 수 있는 쟈이로벨이 함께하는 이상, 루인에게 이 정도의 호위가 장애가 될 순 없었다.

"마법……."

아직 마법의 세계를 실전으로 겪지 못한 데인에게는 실로 당황스러운 경험.

마법이란 것이 대공가의 호위마저 무력하게 만들 수 있다면, 마탑을 움직이고 있는 렌시아 놈들도 얼마든지 가능하다는 이야기였다.

데인이 심각하게 표정을 굳히자 루인이 희미하게 웃었다.

"걱정하지 말거라. 아무에게나 쉽게 가능한 것은 아니니까."

영혼의 잔향을 추적할 수 있는 건 마신의 역량.

왕국의 현자라고 해도 그런 권능은 상상도 할 수 없는 것이었다.

루인이 아버지와 마주 앉자 데인도 함께 착석했다.

곧 루인이 탁자 옆 깃대에 매달린 금린사자기를 무심하게 응시했다.

"곧 기수 쟁탈전이 있을 겁니다."

피식 웃는 카젠.

"레페이온이?"

환상검제 레페이온.

그의 역량을 누구보다 잘 알고 있는 카젠은 일언지하에 그 말을 무시했다.

"그럴 일은 없다. 놈의 실력은 내가 가장 잘 안다. 내 기량의 절반도 따라오지 못할 놈이다."

레페이온이 무서운 건 밀도 있는 계략과 사람을 다루는 수완이지 기사의 역량이 아니었다.

또한 렌시아가의 환상검술(幻像劍術)은 하이베른가의 사자검과 극상성의 관계.

같은 경지를 이룩한다고 해도 환상검으로는 중검의 극의인 사자검을 결코 꺾을 수 없다.

왕조 내내 렌시아가가 사자를 넘지 못한 역사가 그 사실을 증명하고 있었다.

물론 몇 번의 이변이 있긴 했었지만 역사 전체로 따진다면 말 그대로 그건 이변에 지나지 않았다.

"반드시 일어날 일입니다. 아버지."

더없이 단호한 루인의 눈빛.

그가 카젠을 향해 다시 선언하듯 입을 열었다.

"그리고 아마도 아버지는 패배할 것입니다."

까마귀를 동원하는 건 엄청나게 돈이 드는 일.

게다가 민심까지 동요시키며 분위기를 조성하는 이유는 이번 기수 쟁탈전에 왕국의 모든 이목을 집중시키기 위함일 것이다.

왕의 핸드 레페이온이 아무런 확신도 없이 이런 무모한 일을 벌이는 인물이라곤 생각할 수 없었다.

"레페이온이 초인이라도 되었단 말이냐?"

"저는 도전자가 환상검제라고 말씀드린 적이 없습니다."

"뭐라……?"

그것은 너무나도 황당한 말이었다.

이 르마델 왕국에 사자왕의 권위에 도전할 만한 기사라면 환상검제 그 하나뿐이었기 때문.

"허면 누구란 말이냐? 이 왕국에 나 말고도 9성 기사가 또 있다는 뜻이냐?"

왕국의 은퇴자들을 제외하면 이 나라에 초인은커녕 9성 기사조차 존재하지 않았다.

환상검제 레페이온조차도 8성과 9성의 사이.

"렌시아가가 왕국에 까마귀들을 깔았습니다. 그들이 어떤 기사를 내세울지는 모르겠지만 까마귀를 깔았다는 건 그만한 확신이 있다는 뜻이겠지요."

"……까마귀?"

단순히 정보를 수집하거나 의뢰를 하는 것이 아닌, 여론을 조작하는 데는 천문학적인 비용이 든다.

그런 엄청난 돈을 들여서 여론을 조작한다는 건 결코 간단한 의미가 아니었다.

그러나 카젠은 내내 고개를 흔들 수밖에 없었다.

아무리 생각해도 레페이온을 제외한다면 천 개의 환영 율펜과 궁구하는 자 실바릴 정도.

하지만 그들은 아직 40대다.

9성 기사로 대성할 가능성은 있겠지만 현재의 시점에서는 자신의 상대가 되진 못했다.

"그럼 내가 어떻게 하면 되겠느냐."

루인이 깍지를 풀며 담담하게 말했다.

"레페이온이나 실바릴, 율펜처럼 렌시아가의 전통적인 강자라면 아버지께서 직접 상대하셔도 됩니다. 그러나 우리가 전혀 알지 못했던 새로운 인물이 도전자로 나선다면 반드시 대전사를 세우셔야 합니다."

"대전사(代戰士)?"

사자왕의 얼굴이 처참하게 일그러진다.

도전자를 맞이한 왕국의 기수가 대전사 뒤에 숨는다는 건 스스로 명예를 시궁창에 내다 버리는 행위.

지금 루인은 그런 치욕을 감내하라고 강변하고 있는 것이다.

이내 으스러지게 말아 쥔 주먹으로 탁자를 내려치는 카젠.

쾅!

"불가!"

하지만 루인은 두말하지 않았다.

"그렇게 하셔야 됩니다."

"불가하다고 하였다!"

물빛처럼 투명해진 루인의 시선이 카젠을 해부할 듯 직시하고 있었다.

그 어떤 설득보다도 무서운 침묵.

그런 대공자의 시선과 얽히던 카젠은 어느새 자신의 등이 축축하게 젖어 가고 있음을 깨달았다.

'대체 이 녀석은……!'

가문에서도 무시무시한 녀석의 눈빛이었지만 지금은 그 아득한 농도가 더욱 짙었다.

나직이 한숨을 내쉬던 카젠이 의문을 드러냈다.

"대전사라니 도대체 누굴 말이냐? 네 말대로라면 9성에 근접하거나 그 이상의 초고위 기사, 즉 초인이 나선다는 의미가 아니더냐?"

사자왕조차 상대할 수 없는 기사를 도대체 누가 막을 수 있단 말인가.

카젠은 봉신가와 방계에 존재하는 모든 고위 기사를 떠올렸지만 기수의 대전사로 내세울 만한 기사는 단 한 명도 없었다.

한데.

루인의 입에서 놀라운 결의 대답이 흘러나왔다.

"제가 대전사로 나설 것입니다."

더없이 크게 떠진 카젠의 두 눈.

"네가……?"

사자왕의 대전사로 대공자가 나선다는 의미.

금방 카젠의 표정이 희열로 물들기 시작했다.

"이제 세상에 너를 드러내겠다는 의미인 것이냐!"

자신의 큰아들, 하이베른가의 대공자는 분명 가문의 숨은 검으로 살겠다고 했다.

이내 루인의 입가에 번지는 자조 섞인 웃음.

이 빌어먹을 왕국이, 이 잔인한 세상이 대마도사의 출현을 종용하고 있었다.

렌시아가를 조종하는 힘이 타이탄족이라면, 그리고 그들이 어떤 식으로든 악제와 관련이 있다면.

"이제는 그럴 수 없게 되었습니다."

더는 숨을 수가 없었다.

지금 이 순간 이곳에 자신이 서 있는 이유는 악제의 멸망을 위해서였으니까.

허나.

"네가 과연 초인을 상대할 수가 있겠느냐?"

왕국의 기수가 자신의 대전사를 결정하는 기준은 바로 실력이다.

카젠은 루인에게 그 실력을 보이라고 요구하고 있었다.

츠츠츠츠츠-

어둠의 기운이 밀려와 공간을 찢는다.

개방된 헬라게아에서 꺼낸 상상할 수 없는 위력의 창, 혈우의 격노(激怒).

쿠구구구구구-

곧바로 초월자의 정신으로 빚은 융합 마력이 현신한다.

살갗이 저며 오는 듯한 마력의 압박, 그 무시무시한 기운에 데인이 소스라쳤다.

"혀, 형님!"

쏴아아아아아-

정원을 메워 가는 수천 개의 마력 칼날들!

그렇게 루인은 대마도사의 염동을 온 대지에 드리웠다.

그가 무시무시한 창을 꼬나든 채 엄청난 살기로 웃고 있었다.

"부족하시다면 말씀하십시오. 지금의 이 모습은 제 경지의 지극한 일부, 제 마도(魔道)의 작은 단면(斷面)입니다."

Chapter. 34

　사실 지상의 수도 왕성에서 개최되는 기원제는 백성들의 축제라 할 수 있었다.

　지금 이 에어라인의 기원제야말로 왕실과 대귀족들의 실질적인 기원제.

　그러므로 기원제의 행사 준비에 동원되는 건 에어라인 아카데미의 생도들에게도 예외는 없었다.

　요인 경호나 행사장 안내를 맡고 있는 기사학부의 생도들과는 달리, 마법학부의 생도들이 맡은 임무는 엄청난 양의 마력 폭죽 제작과 설치, 그리고 무게추 제거였다.

　에어라인을 지탱하고 있는 무수한 마력 타일에는 부유를

가능케 하는 마정석과 무게추가 함께 설치되어 있었다.

처음 이 사실을 듣는 사람이라면 그게 무슨 비효율인가 싶겠지만, 타일 면적당 무게가 고르지 못한 점을 생각하면 필수 불가결한 설치물이었다.

건물의 크기와 무게, 인구 밀도와 유동량 등에 따라 정교하게 세팅된 무게추가 없다면, 에어라인의 블록들은 울룩불룩한 형태가 되어 괴상한 구조가 되어 버린다.

이걸 막으려면 부유 마정석의 제작 단계부터 타일의 무게를 고려해야 하는데 그건 사실상 불가능한 이야기.

무게추가 제거되어 두둥실 떠오른 마력 타일을 바라보며 세베론이 나직이 감탄을 터뜨렸다.

"와……."

에어라인의 하부, 폭풍과도 같은 바람을 맞으며 무게추를 조정하는 일은 경험 많은 3등위 이상의 마법 생도들이 담당하고 있었다.

타일이 떠오르자 선배 마법 생도들이 힘을 모아 중력 강화 마법을 시전한다.

주요 행사가 시작되어 인구 유동량이 급격하게 많아지기 전까지는 무게추 무게만큼의 중력 강화 마법이 필요했다.

세베론이 그런 선배들의 노련한 모습이 왠지 멋있다고 생각했을 때.

마력 폭죽에 마력을 주입하던 시론이 폭죽을 내팽개치며

그대로 드러누웠다.

"제길! 내가 이딴 거나 하려고!"

현자의 가문, 마도명가 메데니아가의 손자가 마력 폭죽이나 만들고 있다니!

피식 웃던 다프네도 유별난 행사의 규모에 감탄하고 있었다.

"……작년에 비해 확실히 분위기가 다르네요. 이 정도까지 성대하진 않았는데."

"하이베른가 때문이겠지."

하이렌시아가의 규모에 비해 작다곤 해도 그들 또한 대공가.

그들의 직계와 방계, 봉신가의 규모는 역시 대공가답게 웬만한 중소 국가의 사절단과 엇비슷할 지경이었다.

"그나저나 그 소문이 사실일까?"

벌떡 일어난 시론을 향해 세베론이 물었다.

"기수 쟁탈전?"

"그래."

"백성들이 수군거릴 정도면 조만간 일어날 일이라고 봐야지. 미리 여론 작업을 한다는 건 분위기를 만들겠다는 거니까."

"흐음."

금방 복잡해진 시론.

하이베른가가 패배해도 문제고 하이렌시아가 새로운 기수를 거머쥐어도 문제다.

이건 단순히 왕국의 기수가 바뀌는 문제가 아니었다.

왕국에 한바탕 홍역이 몰아칠 수도 있는 일.

다프네가 말했다.

"조금 이상하게 돌아가는 것 같아요. 굳이 기원제에 맞춰서 여론전을 시작했다는 게……."

"이번 기원제를 기수 쟁탈전의 무대로 생각하는 거겠죠."

고개를 끄덕이는 시론.

"그건 기수를 꺾을 확신이 섰다는 건데……."

아무리 하이렌시아가 새로운 대공가로 승작하여 더욱 기세를 상승시키고 있다지만 하이베른의 사자왕마저 꺾고 왕국의 기수를 차지한다?

그건 지난 기수 쟁탈전을 기억하는 르마델의 백성이라면 좀처럼 상상되지 않는 일이었다.

고작 다섯 합 만에 패배한 환상검제.

사자검, 그 위대한 검술 앞에서 환상검은 그저 화려한 잔재주에 지나지 않았다.

그때, 루인이 나타났다.

"앗! 너 언제!"

함께 기원제의 행렬을 바라보던 때로부터 정확히 사흘 만에 나타난 것.

사전에 아무런 말도 없이 인비저빌리티로 사라져 버렸던
루인 때문에 시론은 지금도 화가 나 있는 상태였다.

  "도대체 어디에 있었던 거냐!"

  "집에 다녀왔다."

  "……집?"

  천연덕스럽게 웃고 있는 루인.

  지상, 그것도 왕국의 북부를 다녀왔단 말인가? 사흘 만에
그 먼 길을?

  "그런데 지금 뭐 하고 있는 거지?"

  루인이 산더미처럼 쌓여 있는 마력 폭죽을 응시하고 있었
다.

  "아, 이거 우리에게 할당된 임무예요."

  "이 폭죽들 전부 마력을 주입해야 한다."

  우우우웅-

  그 즉시 루인의 융합 마력이 맥동했다.

  헤이로도스의 술식을 활용해 융합 마력을 수천 갈래로 쪼
갠 그는 그대로 모든 궤도들을 미세하게 조정하기 시작했다.

  화아아아악-

  일제히 가늘게 진동하는 마력 폭죽들.

  시론이 그런 마력 폭죽 더미를 멍하니 바라보았다.

  폭죽 끝에 매달려 있던 작은 수정들이 모두 초록빛으로 빛
나고 있었다.

마력이 모두 완충되어 버린 것이다.

시론이 얼굴을 일그러뜨리며 손에 쥐고 있던 마력 폭죽을 던져 버렸다.

"에이 씹……."

자신도 무려 메데니아가의 직계다.

하지만 상대적인 박탈감.

저 무식한 헤이로도스의 술식은 솔직히 너무한 감이 있었다.

"아…… 역시 대단하네요."

"진짜 허탈하네."

다섯 시간이 넘는 동안 하나하나 마력을 주입하던 생도들이 하나둘 엉덩이를 털고 일어났다.

당연하게도 모두 시론과 비슷한 표정.

생도들이 그런 마력 폭죽들을 기다란 촉매선에 매달아 건물 사이사이에 설치를 마쳤을 때는 이미 에어라인이 어둑해지고 난 후였다.

어느덧 기원제의 첫 번째 날이 다가오고 있었다.

첫 번째 날의 아침 날씨는 좋지 않았다.

강렬한 눈보라가 폭풍처럼 에어라인을 휘감고 있었다.

봉신가의 쟁쟁한 기사들을 위시한 채, 하이렌시아가의 행렬이 연회장으로 입장했다.

이름만 들어도 기사 생도들의 가슴을 떨리게 만드는 하이렌시아가의 기사들이 수도 없이 등장한다.

그리고 그들의 선두에는 왕의 핸드(Hand) 환상검제 레페이온이 있었다.

빈틈없이 정돈된 새하얀 머리칼.

심계를 추측할 수 없는 날카로운 눈빛.

기다란 망토와 화려한 예복을 걸친 채 마치 왕과 같은 눈빛으로 서 있던 그는, 핸드의 지팡이를 갈무리하며 오연히 행사장을 굽어보고 있었다.

두 개의 커다란 타일에서 사열 대기하고 있던 아카데미의 생도들이 일제히 허리를 숙였다.

생도 이전에 르마델의 백성으로서 왕의 핸드에게 보일 수 있는 가장 극진한 예우.

그때, 환상검제 레페이온의 뒤편.

그의 대공자, 크라울시스가 등장했다.

그의 이름은 독특했다.

이 세계에 존재하는 두 개의 달, 그중에 더 붉고 커다란 달 크라울시스가 그의 진명이었다.

만물을 비추는 달의 이름을 한낱 인간의 이름으로 정하는 것은 어쩌면 오만한 일.

하지만 그의 가문은 왕실의 권력을 압도하는 하이렌시아
가였다.

새하얀 머리칼을 쓸어 올리며 허리를 숙이고 있는 생도들
을 아버지와 함께 굽어보는 대공자 크라울시스.

한데 희미하게 웃으며 예복의 단추를 매만지던 그의 얼굴
에 곧 미묘한 감정이 일렁였다.

저 멀리 생도 사열의 가장 뒤편.

허리를 숙이지 않고 당당히 서 있는 놈이 하나 있었던 것.

역시 아버지의 시선도 그놈에게 향해 있었다.

점점 표정이 굳어지는 크라울시스.

"제가 잡아 오겠습니다."

"그럴 필요 없다."

대공자 크라울시스가 의아한 표정으로 아버지를 바라보았
을 때.

"무등위군. 거기에 마법 생도다."

이 먼 거리에서 생도의 견장을 확인할 수 있는 아버지의 실
력에 감탄하는 것도 잠시.

'무등위 마법 생도?'

크라울시스는 최근 들어 가문의 후원 생도들이 연속적으
로 보고해 온 무등위 마법 생도를 떠올렸다.

잊혀진 워메이지의 수법으로 단숨에 최상위권에 랭크된
새로운 이명 생도.

꽤 특이한 소문과 이력을 지닌 놈이었기에 그렇지 않아도 한 번쯤은 아카데미에 방문해야겠다고 생각했었다.

"가끔은 제 분수도 모르고 기사를 증오하는 마법사들이 나타나기도 하지. 이 레페이온이 그런 머저리 애송이들까지 일일이 상대해야 한단 말이냐."

그 즉시 대공자 크라울시스는 아버지의 뜻을 헤아렸다.

아버지의 심기를 불편하게 한 죄는 크다.

그러나 그 일을 왕의 핸드가 직접 묻는 건 격에 맞지 않는다.

크라울시스가 단상 아래로 내려갔다.

그가 다시 천천히 걸어가자 사열하고 있던 생도들이 물결처럼 갈라지기 시작했다.

저벅저벅.

어느덧 무등위 마법 생도, 루인의 전면에 등장한 대공자 크라울시스.

아무런 감정도 떠오르지 않은 표정의 루인이 그를 물끄러미 바라볼 무렵.

차앙-

크라울시스가 검을 뽑았다.

"꿇어라."

왕의 핸드에게 예를 보이지 않는 건 일종의 중죄다.

또한 그것이 왕국의 중요한 행사 자리라면 더더욱.

그런데 그때.

"하, 하이베른가다!"

"하이베른!"

"사자왕이다!"

백성들의 외침 소리.

르마델의 위대한 대공가, 왕국의 기수 역시 기원제의 연회장으로 입장을 시작한 것이다.

눈부신 금린사자기가 에어라인의 하늘 위로 솟아오른다.

사열의 맨 앞, 강철의 하이랜더 올칸은 두근거리는 가슴을 주체할 수 없었다.

타오르는 열정, 그의 강렬한 눈빛이 금린사자기를 향해 흔들림 없이 고정되어 있었다.

중검(重劍)을 추구하는 황혼의 기사 생도들.

그들이 가장 동경해 온 검술명가, 그 위대한 사자의 가문이 마침내 등장한 것이었다.

기사의 가슴을 끓어오르게 만드는 왕국의 위대한 기수가.

수십 년 만에 그 위용을 드러낸 하이베른가는 그 등장만으로도 기사 생도들의 가슴에 뜨거운 불을 지피고도 남음이었다.

위대한 사자왕은 예복 대신 육중한 갑주였다.

기사 생도들은 언제든지 전장으로 나아가겠다는 사자왕의 각오를 선연히 느낄 수 있었다.

그리고 그의 오른편.

왕국의 최연소 기사, 데인이 아버지와 같은 갑주를 걸친 채 당당히 서 있었다.

그에게 모든 시선이 집중되었을 때.

철컥철컥.

단상에서 내려오는 데인.

기사 생도들의 흠모를 한 몸에 받으며 걸어오던 데인은.

영혼으로 추앙해 온 자신의 형님, 하이베른가의 대공자를 향해 자신이 할 수 있는 모든 예로 한쪽 무릎을 꿇었다.

"……기사 데인 헤네스 베른."

루인의 시선과 담담히 얽히다 다시 고개를 숙이는 데인.

"한없이 경원하는 마음으로 하이베른가의 대공자를 뵙습니다."

에어라인에 정적이 전염된다.

도저히 벌어진 현실을 받아들이지 못하는 시론의 표정.

입을 막으며 경악하는 다프네.

아예 주저앉아 버린 세베론과 정신이 혼미해진 슈리에까지.

차분한 표정으로 바라보고 있는 건 오직 루이즈뿐이었다.

등급 생도들이라고 다를까.

강철의 하이랜더 올칸은 온몸을 떨고 있었다.

온몸에 붕대를 감고 있던 황혼의 야생마 그라간도 충격으로 굳어졌다.

등나무 탑의 리더 생도 볼칸, 홍염의 파수꾼 에덴티아도 하나같이 닥친 현실을 인지하지 못했다.

그러나 역시, 가장 당황하고 있는 건 하이렌시아가의 대공자, 크라울시스였다.

"일어나라 데인."

데인이 담담히 일어났을 때.

융합 마력이 최대로 개방된다.

콰아아아앙-

거칠게 휘몰아치던 눈보라가 루인을 중심으로 물결처럼 퍼져 나간다.

위태롭게 진동하는 타일.

이내 심연처럼 가라앉은 대마도사의 두 눈이 크라울시스를 해부할 듯 직시했다.

"꿇어라."

"……뭐?"

10만 리퀴르 이상을 자랑하는 루인의 융합 마력이 모조리 중력 강화 마법으로 투사되어 크라울시스의 양어깨에 작렬했다.

쿠구구구구구구-

갑자기 상상도 할 수 없는 힘이 자신의 전신을 눌러 오자 크라울시스는 투기를 전력으로 끌어올려 대항하려 했으나.

"크으으으……!"

푹 꺼져 버린 타일과 함께 끝내 허물어진 크라울시스.

이내 루인의 투명한 동공이 그를 향했다.

"예를 문제 삼을 거라면—"

저 멀리 위풍당당하게 휘날리고 있는 금린사자기를 시선으로 가리키는 루인.

"금린사자기를 배알하고도 예를 보이지 않는 네놈은 무엇으로 다스려야 하지?"

어느새 무릎을 굽혀 크라울시스와 시선을 맞춘 루인.

이내 고르고 새하얀 그의 치아가 밝게 빛났다.

"죽여도 될 것 같은데."

마법은 마법사의 직관으로 그려 낸다.

마력 코어에서 뿜어져 나온 마나가 도식 과정, 즉 회로 술식과 염동력, 언령, 수인 따위의 체계화된 시전 과정을 거쳐 발휘되는 것이다.

그러므로 마법이란 굉장히 기계적이며 냉철한 권능이었다.

철저한 계획성에 기반한 도식 과정, 치밀한 연산을 거치기에 인간의 감정이 섞일 여지가 별로 없는 것이다.

반면 기사의 투기는 완전히 달랐다.

모든 검술에서 투기란 정신의 영역.

검을 대하는 감정과 추구하는 가치, 즉 기사의 마음과 성향이 고스란히 드러나는 것이다.

그래서 고위 기사들은 상대가 뿜어 대는 투기의 결을 살피는 것만으로도 어느 정도 상대의 검술을 유추할 수 있었다.

하지만 저 거대한 의지가 느껴지는 마력.

'루인……'

카젠이 느끼고 있는 루인의 마력은 자신이 경험한 그 어떤 마법사의 것과도 궤를 달리했다.

한 인간의 치열한 자아, 그 강렬하고 끈질긴 열망이 세상을 집어삼키고 있었다.

그건 마치 기사의 투기 같았다.

오히려 투기보다 더한 농도로 압축된 마력이 그의 삶을 증거했다.

하이베른가의 대공자가 어떤 종류의 인간인지, 어떤 마음과 기백으로 사는지, 그 전율적인 외침을 온 왕국에 드러내고 있는 것이다.

콰아아아앙-

-크아아아아악!

에어라인의 타일이 더욱 우그러진다.

자칫 블록 일부가 붕괴될 수도 있는 위험천만한 상황.

크라울시스가 내지른 비명 소리에 렌시아가의 몇몇 기사들이 검을 뽑으며 진득한 스피릿 오러를 드러냈다.

차아아앙-

카젠이 희미하게 웃었다.

"아이들 싸움에 참견하려는 것이오?"

레페이온이 손을 들어 기사들을 제지한다.

그 역시 카젠을 마주 보며 빙긋 웃고 있었다.

"그럴 리가 있겠소. 아직 혈기가 마르지 않은 기사들이오. 이해하시오."

사자왕의 미소가 더욱 진해졌다.

놈은 역시 노련하게 가면을 쓰고 있었으나 같은 아비이기에 느낄 수 있었다.

저 웃음 뒤에 감춰 놓은 마음은 벌써 천 갈래 만 갈래로 찢어졌을 것이다.

놈의 자존감, 명예 역시 씻을 수 없는 상처로 부글거릴 것이다.

그러므로 저 하이베른가의 대공자, 루인의 아비 카젠은 여느 때보다 당당할 수 있었다.

"위대한 사자검을 내팽개치고 주문쟁이들의 마법이라니 기가 찰 노릇이군. 하이베른가의 대공자를 아카데미에, 그것도 마법학부에 보내셨소?"

레페이온이 도발하고 있었으나 카젠은 동요하지 않았다.

오히려 카젠은 호탕하게 웃고 있었다.

"흐하하하! 하이렌시아가가 모르는 일도 있었단 말이오?"

레페이온의 표정에서 처음으로 웃음기가 사라진다.

그것은 그가 웃으며 넘길 수 있는 말이 아니었다.

르마델 왕국의 모든 정보를 움켜쥐고 있다고 평가받는 하이렌시아가를 모멸하는 발언이었기 때문.

레페이온은 하이베른가의 동선조차 파악하지 못한 수하들에게 순간적으로 분노가 치밀었다.

"정도가 심한 듯한데, 계속 내버려 둘 작정이오?"

양 가문의 대공자들을 시선으로 가리키며 진득이 입술을 깨무는 레페이온.

결국 그렇게 본 마음을 드러내고 만 레페이온을 향해 카젠이 묘하게 웃어 보였다.

"본가의 대공자는 함부로 사람을 죽이지 않소."

"카젠!"

레페이온이 점점 이성을 잃어 가자, 카젠은 여전히 흐뭇하게 웃으며 루인을 향해 시선을 옮겼다.

"걱정 마라, 레페이온. 약자를 짓밟는 건 우리 대공자의 방식이 아니니까."

그때.

루인이 단상 위로 걸어오고 있었다.

한데, 그는 혼자가 아니었다.

질질질-

대공자 크라울시스가 발이 잡힌 채 끌려오고 있었다.

경악한 하이렌시아가의 기사들이 갑주를 출렁이며 단상 아래로 내려가려고 할 때 다시 레페이온의 굵은 목소리가 들려왔다.

"그만!"

하이렌시아가의 기사들이 가까스로 멈춰 섰다.

하지만 그들은 여전히 눈빛만으로도 루인을 찢어발길 듯이 노려보고 있었다.

지금은 저 대공자 놈의 모든 행위를 만인들 앞에 각인할 때다.

놈을 기다리고 있는 건 결국 왕법.

왕국의 법도에 따라 놈의 모든 무례한 행위를 낱낱이 물을 것이다.

크라울시스를 단상 위로 끌어 올린 루인이 특유의 담담한 표정으로 카젠을 향해 무릎을 꿇었다.

"루인 베른. 왕국의 대공이자 기수, 옛 정령과 백룡의 친구, 몽델리아 산맥의 지배자이자 본가의 오롯한 주인, 하이베른가의 가주님을 뵙습니다."

그는 고아(高雅)하며 아름다웠다.

루인에게 그보다 더 잘 어울리는 말은 없었다.

더없이 귀족적인, 일체의 군더더기조차 없는 완벽에 가까운 예법.

분노로 이글거리던 렌시아가의 기사들마저 내심으로는 감탄할 수밖에 없었다.

그러나 카젠은 기껍게 화답하지 않았다.

하이베른가의 가주인 이상, 대공자의 행위에 대한 정당성부터 따져야 했다.

하이렌시아가의 대공자를 저 지경으로 만든 합당한 이유가 그에게 반드시 있어야 했다.

카젠이 쓰러져 혼절해 버린 크라울시스를 물끄러미 응시했다.

"이유를 묻겠다."

"이 하이베른가의 대공자에게 감히 무릎을 꿇으라며 욕보였습니다."

아무리 냉정하려고 했던 카젠이었지만 자꾸만 씰룩이려는 입술을 막을 수가 없었다.

"……그래서?"

"계속 건방지게 굴길래 역으로 제가 꿇렸습니다."

붉게 얼굴이 달아오른 카젠.

파르르 떨리는 수염, 연신 들썩거리는 어깨가 그가 얼마나 웃음을 참고 있는지를 드러내고 있었다.

가까스로 웃음기를 다스린 카젠이 힘겹게 다시 입을 열었다.

"모욕당한 명예를 회복하는 건 본가의 대공자, 대귀족으로서 합당하고 공의로운 일이다. 허나 그렇다고 기절까지 시킬 일은—"

"저도 고작 그 정도 마법에 기절까지 할 줄은 예상하지 못했습니다."

"……."

또 한 번 얼굴이 붉어지고 마는 카젠.

이쯤 되니 레페이온은 열불이 터져 버릴 수밖에 없었다.

"이런 개수작을 언제까지 이어 갈 작정이시오! 카젠 대공!"

인내심이 폭발한 레페이온이 기사들을 향해 명령했다.

"당장 대공자를 수습하라!"

하이렌시아가의 기사들이 절도 있게 걸어가 대공자 크라울시스를 데려갔다.

그의 상세를 자세히 살피던 천 개의 환영 율펜이 레페이온을 향해 고개를 숙였다.

"투기가 조금 상한 것 같사옵니다. 그 외의 치명적인 외상은 보이지 않사옵니다."

"더! 더 자세히 살펴라! 율펜!"

저 순수하고 우직한 기사 율펜이 또 마음에 들지 않는 짓을 한다.

없는 상처를 부풀려도 부족할 판국에 곧이곧대로 모두 말해 버리다니!

"정말 잠시 혼절한 것뿐이옵니다. 심려하지 않으셔도 될 것 같사옵니다."

"……."

검의 실력, 기사로서의 명성만 아니면 벌써 쫓아내고도 남았을 인사.

더욱 화가 치민 레페이온이 와락 구겨진 얼굴로 루인을 노려봤다.

"애초에 네 녀석이 이 왕의 핸드에게 존경과 예를 보이지 않아서 벌어진 일이다!"

이내 단상의 중심으로 걸어간 레페이온은 군중들을 향해 더욱 크게 외쳤다.

"이 레페이온은 왕가의 행정을 대표하는 자! 감히 왕의 권한을 대리하는 핸드에게 네놈은 지금도 예를 보이지 않고 있다! 핸드의 명예를 모욕한 죄는 과연 어떻게 감당할 것이냐!"

천천히 일어나는 루인.

곧 그의 무심한 시선이 레페이온과 천천히 얽혔다.

"귀족가의 예법에 따르면, 같은 공간에 다양한 작위의 명예가 공존할 경우, 가장 드높은 자에게 예를 바치고 나머진 생략합니다."

"……뭣?"

"제가 알기로 기사의 국가, 우리 르마델은 행정 권력보다 군권(軍權)을 우선하는바—"

이 나라의 군권을 상징하는 깃발, 금린사자기를 향해 다시 예를 올리는 루인.

"이 루인, 이 나라의 귀족으로서 지극히 정상적이고 합당한 예법을 다한 것으로 생각됩니다만."

"크하하하하하!"

어이가 없었다.

감히 이 하이렌시아가의 가주 앞에서 르마델의 정통성을 들먹이다니.

세상은 그리 호락호락한 것이 아니다.

지금이라도 마음만 먹는다면 데오란츠 국왕 따윈 당장 폐위시킬 수도 있었다.

르마델의 권력을 팔 할 이상 움켜쥐고 있는 존재는 국왕이 아니라 이 레페이온.

왕국 각지의 대귀족들을 수도 없이 추종 가문으로 거느리고 있는 이 하이렌시아 앞에서 감히 예법의 우선순위를 운운하다니!

아직 애송이, 젊은 치기로만 세상을 살아가는 놈에게 진정한 어른들의 세계를 뼈저리게 느끼게 해 줘야 했다.

진정한 권력의 현실이 이 나라에서 어떻게 작동하는지, 모두가 우러르는 가문이 어디인지 놈에게 명확하게 가르쳐 줘야 했다.

오히려 재미있다는 표정의 레페이온.

먹잇감을 만난 포식자처럼 그의 눈빛이 흥미로 이글거렸다.

그런데 그때.

"허나 저로서는 큰 선물을 받은 입장인지라 이 나라 귀족의 본분만 아니라면 핸드께 가장 먼저 예를 올리고 싶었지요."

루인이 짓고 있는 묘한 미소.

갑자기 돌변한 루인의 태도에 레페이온의 입가에서 미소가 사라졌다.

"선물?"

씨익.

"가주께서 우리 하이베른가를 그토록 기껍게 생각하시는지 미리 알았더라면 진즉에 찾아뵙고 예를 표할 걸 그랬습니다."

"대체 무슨 소리냐?"

루인이 베스키아 산자락의 머나먼 북쪽, 파네옴 광산을 시선으로 가리켰다.

"파네옴 광산을 정성껏 요리하신 후에 저희 가문에게 선물로 주시지 않았습니까?"

"……."

"세헬가를 부추겨 그 교활한 다리오네가를 상인 연합에서 축출하고, 일자리를 잃은 광산의 주민들을 저희 공작령에 유랑민으로 보내신 건 정말 감탄을 금할 수 없는 기막힌 수였습니다. 가주께서 그런 식으로 부족한 영지민을 보충해 주실 줄 저희가 어떻게 알았겠습니까?"

그 순간 레페이온에게 창에 꿰뚫린 듯한 전율과 긴장이 몰아쳤다.

"자비롭고 현명하신 왕국의 핸드께서 설마 저희 하이베른가를 혼란에 빠뜨리고 봉신가들끼리 분열하라고 그 많은 유랑민을 보냈겠습니까? 그건 선물이지요. 아주 기막힌 선물."

그제야 레페이온은 파네옴 광산에서 일어난 모든 빌어먹을 일에 이 대공자가 끼어 있었다는 것을 깨달았다.

공들였던 세헬가가 무너지고 다리오네가의 가주인이 하이베른가로 귀속된 일의 모든 실체가 드러난 것이다.

뿌드득─

악착같이 이를 깨무는 레페이온.

"한데 본가에서 잘 지내고 있는 보웬 다리오네 남작이 요즘 들어 괴상한 소리를 한다던데…… 하하! 설마요? 우리 자비롭고 현명하신 핸드께서 그런 일을? 암 그럴 리가 없지. 빚을 너무 져서 정신이 나간 것이 분명해."

루인의 시선이 수많은 생도들과 백성들, 하이렌시아가의 추종 가문들을 훑고 있었다.

"절대로 그럴 리가 없을 테지요."

기묘한 어감.

그것은 왕국의 기원제, 모든 귀족과 백성들이 주시하고 있는 이곳에서 마치 보웬 남작의 증언이라도 공개하겠다는 투였다.

　이건 무슨 노회한 정적을 마주한 기분.

　결국 루인은 왕국의 핸드, 레페이온 대공의 살기가 담긴 미소를 구경할 수 있었다.

　"너…… 정말 자신이 있는 것이냐?"

　루인이 씨익 웃었다.

　"네? 혹시 광산을 잘 운영할 자신 말입니까?"

　온몸의 피가 역류하는 느낌, 이런 더러운 기분이 대체 얼마만인지 생각도 나지 않는다.

　레페이온은 저 하이베른가의 대공자가 자신의 최대 정적이 될 거라고 직감했다.

　"물론 자신이 있습니다. 핸드께서 큰 선물을 주셨는데 광산이 망하면 그 무슨 망신이겠습니까."

　여전히 사람 좋게 웃는다.

　그러나 레페이온은 루인과 마주하며 더 이상 웃지 못했다.

　"한데, 요즘 까마귀들이 이상한 소리를 하고 다니던데. 그…… 아! 기수 쟁탈전!"

　겨우 생각났다는 듯 천연덕스럽게 손뼉을 치다가 씨익 웃는 루인.

　"아니 도대체 금화를 얼마나 뿌리셨길래 일주일도 안 돼서 수도 왕성에 소문이 쫘악 퍼진 게지요?"

"……."

루인이 하이렌시아가의 기사 측을 응시한다.

"연로하고 노쇠하신 핸드께서 직접 나서실 것 같진 않고…… 이왕 이렇게 된 김에 아예 이 자리에서 소개를 시켜 주시지요. 대체 누굽니까? 하이렌시아가의 대전사가?"

이내 금린사자기를 향해 뚜벅뚜벅 걸어가는 루인.

깃대를 움켜쥔 루인의 오른손에 대공의 인(印)이 드러났다.

단상의 중심에 처박히는 금린사자기.

콰아아앙!

심연처럼 가라앉아 있던 루인의 두 눈에 불같은 광망이 이글거린다.

"렌시아가. 나는 지금 이 하이베른가의 상대가 누구냐고 묻고 있다."

사람이 너무 화가 나도 생각이 붕괴된다.

레페이온은 자신의 눈과 귀로 전달된 정보와 감정들을 쉽게 받아들이지 못하고 있었다.

이게 정말 현실이 맞단 말인가?

차분하게 가슴을 가라앉힌다.

다행히도 점차 직관이 되돌아왔다.

레페이온은 투기를 운용해 어지러운 심상을 바로 했다.

뿌드득

그리곤 깃발을 쥐고 있는 놈의 손, 대공의 인(印)을 노려봤
다.

가문의 모든 명예와 권한을 대리하는 저 대공의 인을 이미
대공자가 지니고 있다는 것.

또한 이 공개적인 공간, 왕국의 모두가 보는 자리에서 그런
대공의 인을 망설임 없이 드러냈다는 것.

그것은 저 왕국의 기수 카젠과 그의 대공자가 이 모든 일을
미리 설계했다는 뜻이다.

저 포악한 사자 놈들의 계획을 모르는 이상 섣불리 말려들
어선 안 된다.

감히 자신의 가문을 하이(High)로 예우하지 않았거나, 왕
의 핸드에게 반말로 건방지게 군 것은 부차적인 문제였다.

어쨌든 지금은 저 교활한 대공자가 하이베른가의 모든 권
한을 대리하고 있었다.

"기수 쟁탈전은 우리 왕국의 유구한 전통이자 자랑스런 축
제네. 그리 날을 세울 것까진 없지 않나?"

루인의 두 눈이 더욱 강렬한 살기를 머금었다.

대공의 인을 드러냈음에도, 역시 자신의 하대(下待)에 똑
같은 하대로 대응하는 레페이온의 오만함.

"렌시아가. 나는 분명 금린사자기의 권위와 대공의 명예를
드러냈다."

"잊었나 보군. 이쪽도 왕의 핸드이자 이 나라의 대공이라네."

"대공?"

루인이 비웃었다.

"아직 대공가의 역사가 짧아서 그 처신이 그리 가벼운 건가?"

"뭐라……?"

"대공가라 내세울 거면 대공다운 처신을 해라, 렌시아가."

레페이온은 자신의 인내심이 한계에 다다랐음을 절감했다.

더 이상 하이베른가의 진정한 의도를 살피기 위해 몸을 낮추거나 가면을 쓰기가 힘들었다.

참을 수 없이 밀려오는 모멸감.

"우릴 압박하고 싶었다면 정식적으로 영지전을 벌였어야했다. 고작 세헬가를 부추겨 뒤에서 광산이나 만지작거렸던놈들이 뭐? 대공가? 치졸하게 까마귀를 동원해 민심이나 조작하는 것들이 대공가?"

콰아아앙!

금린사자기를 다시 단상에 처박은 루인이 심연처럼 가라앉은 눈으로 렌시아가의 기사들을 하나하나 훑었다.

"왕국의 사자, 나의 대공가는 협잡하지 않는다."

콰아아앙!

"도전은 기껍다. 허나 저열한 협잡은 도전자로 예우하지
않는다."

콰아아앙!

**〈왕국의 사자, 나의 대공가는 말싸움 따윈 하고 싶지 않으
니 기수 쟁탈전의 대전사로 내정된 이는 지금 당장 이 금린사
자기의 앞으로 나서라.〉**

콰아아아앙!

단상에 박힌 채 연신 거칠게 펄럭이는 금린사자기.

하이베른가의 기사들은 알 수 없는 감정으로 격동했다.

루인의 절대언령, 가슴을 울려 오는 사자의 대담한 선언.

저 하이베른가의 대공자는 오히려 사자왕 카젠보다 더욱
왕국의 기수에 걸맞은 위용을 보이고 있었다.

그는 기사들이 영혼을 바쳐 꿈꿔 온 무언가였다.

그는 명예로운 기사의 삶, 상상 속에만 존재해 온 미지의
완성(完成)이었다.

무엇이 그를 저토록 단단하고 당당하게 만든단 말인가?

그것은 저 금린사자기도 하이베른가의 권위도 아닐 것이다.

기수전을 방어할 수 있다는 완벽한 확신.

어떤 힘과 맞닥뜨리더라도 분쇄할 수 있다는 흔들림 없는
믿음.

오직 강자만이, 자신의 힘으로 세상을 움켜쥔 이만이 보일 수 있는 강렬한 자신감이었다.

그리고 기사들은…….

그런 강자(强者)를 두려워하면서도 동경했으며 굴복하면서도 칭송한다.

차아아아앙-

-충!

하이베른가의 모든 봉신가와 방계 기사들이 일제히 하이베른가의 대공자에게 경의를 표한다.

기사가 보일 수 있는 가장 극진한 예(禮), 검을 뽑아 자신들의 심장에 갖다 댄 것이다.

목숨을 바쳐도 아깝지 않을 가치와 영광.

그런 위대함을 목격했을 때 기사들은 자신의 심장을 바친다.

콰아아앙!

"없는 것으로 알겠다."

획-

금린사자기를 회수한 루인이 망설임 없이 뒤돌아섰을 때.

다소 떨리는, 분노로 가득한 레페이온의 목소리가 다시 들려왔다.

"정말 네놈이 대전사로 나설 것이냐?"

대공의 인을 소지한 채 금린사자기로 도전자를 맞이한다는 것은 본인이 기수의 대전사라는 강변이었다.

겨울 하늘의 차가운 별처럼, 강렬하게 빛나는 루인의 두 눈이 다시 레페이온을 직시했다.

슬며시 비틀리는 루인의 입매.

"이제야 숨기지 않는군."

레페이온이 마주 웃는다.

녀석은 상상도 하지 못할 것이다.

하이렌시아가, 이 레페이온이 준비한 패가 얼마나 엄청난 패인지.

그를 초빙하여 직계의 성을 내리기 위해 가문의 모든 역량을 동원했다.

사람임에도 신과 같은 위상을 구가하는 존재.

검으로 이룰 수 있는 모든 것을 이룩한 자.

초인(超人).

알칸 제국에서 초빙해 온 그 위대한 기사는 아직 초인의 경지에 이르지 못한 저 카젠이 넘을 수 없는 벽이었다.

하물며 그의 새끼 사자임에 더 말할 가치도 없었다.

"대전사를 데려오라."

세헬가와 상인 연합이 터무니없을 정도로 무기력하게 당한 것은 전부 저 깃발, 금린사자기 때문.

하이베른가가 파네옴 광산을 차지하여 왕국의 북부를 완벽히 장악한 이상, 그들의 근본적인 힘, 왕국의 기수(旗手)를 반드시 빼앗아야만 했다.

그래서 레페이온은 오늘의 대전사를 위해 많은 것을 약속했다.

그러나 하나도 아깝지 않았다.

초인은 결코 값으로 매길 수 없는 가치를 지니고 있었으니까.

비로소 오늘에서야 저 사자는 그 생명이 다할 것이다.

저벅저벅.

하이렌시아가 봉신가들의 진영에서 천천히 걸어오고 있는 한 기사가 있었다.

아무렇게나 자란 금빛 머리칼.

덥수룩한 수염.

갑주도 예복도 걸치지 않은 그는 여행복 차림에 달랑 검 한 자루만 허리에 차고 있었다.

전체적으로 기사라기보단 평범한 용병에 가까운 느낌.

마치 무료하다는 듯 하이베른가 측을 무심하게 바라보던 그는 느릿한 걸음으로 단상 위에 올라섰다.

레페이온이 희미하게 웃으며 자신의 중지에서 대공의 인을 빼냈다.

"어서 오시오, 검산(劍山). 이리, 이걸 받으시오."

이 초인, 검산이라는 특이한 이명의 기사는 아직 세상의 예법에 약했다.

그는 특이하게도 한 대에 오직 한 명에게만 전승되는 일인 전승 검술유파의 전승자.

산에서만 지냈던 그가 세상에 나온 지는 고작 삼 년 남짓이었다.

루인은 무료한 표정으로 대공의 인을 받아 드는 그를 찬찬히 바라보고 있었다.

'검산…….'

그에게, 저 검밖에 모르는 바보에게 참으로 어울리는 이명.

고개를 들어 하늘을 바라봤다.

운명, 그 필연을 믿은 적은 한 번도 없었다.

인간에게 운명이란 것이 있다면.

그 운명을 끝없이 부수며 살아온 것이 이 흑암의 공포, 루인이 지나온 인생.

하지만.

이제는 그 운명이라는 놈, 우연을 가장한 그 필연이라는 괴물을 인정할 수밖에 없었다.

금린사자기를 쥔 손이 사정없이 떨려 온다.

회귀(回歸) 후.

이토록 온 마음이 동요되었던 적이 있었던가.

도저히 녀석의 시선과 얽힐 수 없었다.

녀석의 아무것도 지키지 못한 자신이 비루하여 견딜 수가 없었다.

멸망 이전의 머나먼 과거.

이 거짓 평화의 시대에서도 얼핏 보면 무료한 눈빛, 저 통명한 표정이 어떻게 그대로일 수가 있단 말인가.

그가 휘날리는 금린사자기를 한 차례 응시하더니 루인을 향해 입을 열었다.

"미안한데. 혹시 죽을 수도 있는데. 괜찮겠나?"

웃음이 터져 나왔다.

이 시기, 녀석의 검은 아직 완성되지 않았다.

고작 삼십 대에 초인의 경지를 가능케 한 녀석의 투기, 혼돈의 오러는 제어가 매우 어려웠다.

녀석이 자신의 투기를 완벽히 제어하고 초인의 경지 너머를 바라본 때는 지금으로부터 30년이 지난 후.

"허구한 날 펍에만 들락거리니 검에 눈이 달릴 리가 없지."

"음?"

상대가 마치 자신을 안다는 투로 말하자 그가 고개를 갸웃거린다.

"우리. 혹시 본 적이 있나?"

"……."

처절했던 삶, 불꽃 같은 그의 미래를 모두 보았지만 감히 루인은 대답할 수 없었다.

녀석이, 우리가 지켜 내지 못한 모든 것들이 떠오른다.

차라리 녀석의 눈이 증오와 후회, 원망과 연민으로 얼룩져 있다면 조금은 견디기가 쉬웠을 텐데.

이런 자신의 서글픈 비감(悲感)을 아무도 알지 못하는 현실이 루인은 새삼 견디기 힘들었다.

"데인."

갑작스런 형님의 부름에 데인이 자세를 바로 했다.

"예, 형님."

루인이 금린사자기를 다시 깃대에 꽂았다.

이어 그가 헬라게아를 소환한다.

츠츠츠츠츠츠-

혈우의 격노(激怒)가 공간을 찢으며 핏빛 동체를 드러내자.

"지금부터 일어나는 전투를 영혼에 새길 각오로 살피거라."

서슬 푸른 루인의 목소리, 말할 수 없이 단단한 압박감.

형님이 이렇게까지 말한다면 반드시 그 이유가 있을 터.

데인이 신중하게 고개를 끄덕였다.

"그렇게 하겠습니다."

루인의 입가에 희미한 미소가 맺혔다.

그 옛날 검술왕 데인이 평생토록 갈망해 온 검술.

물론 아직 그 완벽한 극의(極意)는 아닐 것이다.

허나 현 단계의 그의 검을 살피는 것만으로도 데인의 성장에 엄청난 도움이 될 것이다.

〈 생도들은 기수 쟁탈전의 자리를 마련하라. 〉

루인의 절대언령이 모든 생도들의 뇌리를 파고들었다.

멀리서 지켜보던 루이즈가 경악했다.

그야말로 상상도 할 수 없는 경지.

아직 자신의 경지로는 이 엄청난 인원 모두에게 절대언령으로 의지를 전하는 것은 불가능한 일이었다.

생도들이 홀린 듯이 의자를 치우며 무대를 마련하고 있었다.

더 이상 루인을 생도로 생각하는 이는 아무도 없었다.

루인이 어느덧 텅 비어 버린 하객석을 향해 눈짓했다.

"렌시아가의 대전사를 기수 쟁탈전의 도전자로 받아들이겠다. 내려가지."

그렇게 말하던 루인이 단상 아래로 걸어가자 검산이 흥미로운 표정으로 그를 쫓았다.

"마법사로 보이는데 무기가 창?"

루인이 말없이 창을 꼬나들었다.

혈주투계로 운용하는 마신창술(魔神槍術)은 과거 완성되기 전의 그가 가장 까다롭게 생각하던 무투술.

차라리 마법이 낫다며 투덜거리던 녀석의 그때를 떠올리니 루인은 금방 아련해졌다.

"질 것 같은가 보군."

"헛소리!"

검산이 검을 뽑자 상상도 할 수 없는 초인의 투기가 흘러나왔다.

파아아아앙-

블록 전체가 위험하게 흔들린다.

생도들과 기사들이 경악하며 검산을 쳐다봤다.

초인 특유의 유형화된 스피릿 오러, 검혼(劍魂)의 기세가 그에게서 흘러나오고 있었기 때문이다.

우우우웅-

특유의 진녹빛 오러가 유형화되어 그의 전신에 아롱졌다.

너울거리며 황홀하게 반짝이고 있는 그의 검혼을 바라보던 루인이 온 대지에 마력 칼날을 드리웠다.

츠츠츠츠-

갑자기 사방에서 수천 개의 마력 칼날이 떠오르자 검산은 금방 호기심을 드러냈다.

"호! 이게 말로만 듣던 마법인가 보네? 그런데 마법사의 마력이란 것이 원래부터 투기와 비슷한 거였나?"

하지만 루인은 저 멀리 자신을 지켜보고 있는 루이즈를 바라보고 있었다.

적요하는 마법사여.

너와 시르하, 그리고 내가 사랑했던 녀석이 여기에 서 있
다.

세상을 지켰던 인류의 검(劍), 그 위대한 무인이, 그 뜨거
운 사내가 여기 우리 앞에 다시 왔다.

인류를 이끌던 자.

검성(劍聖).

촤촤촤촤촤!

루인의 마력 칼날이 동시에 쏟아진다.

혈우의 격노에서 뿜어져 나온 진노의 불꽃이.

이내 검성의 세상을 집어삼켰다.

Chapter. 35

　최근 루인의 심상을 괴롭혔던 것은 과연 자신이 지금의 경지로 초인을 상대할 수 있는가였다.

　혈주투계(血朱鬪界).

　근 1년간 악착같이 단련한 신체.

　5개의 고리.

　10만 리퀴르 이상의 융합 마력.

　우연한 기회로 습득한 헤이로도스의 술식.

　초인이라는 경지의 무게감을 미뤄 볼 때 분명 부족해 보일 것이다.

　하지만 헤이로도스의 술식.

대마도사의 마도(魔道)를 어느 정도 담아내기 시작한 헤이로도스의 술식은 최근 루인에게 확신을 심어 주고 있었다.

그리고.

혈우의 격노.

대마신 쟈이로벨의 휘하 마장 중 가장 강력하다고 평가받는 바르다쿠쟌의 대권능 흡수 병기.

파파파파팟!

초인이 비기, 검혼만으로도 모든 마력 칼날들을 튕겨 낸 검성은.

콰아아아앙!

세상을 집어삼킬 듯이 짓쳐 오는 혈우의 격노에 부딪힌 순간.

"뭐, 뭐야!"

썰물처럼 투기가 빠져나가는 감각에 소스라치게 놀라며 물러났다.

루인이 더욱 진한 붉은빛을 머금기 시작한 혈우의 격노를 바라보며 희미하게 웃고 있었다.

마왕들조차 두려워했던 바르다쿠쟌의 비기.

대마신 므드라의 서풍 지대, 수백만 마군들의 능력을 흡수하며 날뛰던 그는, 죽기 전 상상도 할 수 없는 권능을 폭사하며 홀로 서풍 지대의 삼분의 일을 날려 버렸다.

그가 장렬히 전사하자 마신 쟈이로벨은 그를 혈우 지대의 제1마왕에 추존했다.

"……."

검성이 그런 혈우의 격노를 기이한 눈초리로 바라보고 있었다.

당혹스러운 감정이 고스란히 드러난 표정.

상상도 해 보지 못한 기이한 현상, 말도 안 되는 성능을 지닌 아티펙트의 등장에 검성이 홀린 듯이 중얼거렸다.

"……투기를 흡수할 수 있다고?"

아직도 강렬한 충격의 여파에 가늘게 떨고 있는 혈우의 격노.

풍차처럼 창을 돌리던 루인이 곧장 바닥에 내려찍었다.

콰아아앙!

"보다시피."

"그건…… 사기 아닌가?"

뭐라는 거냐. 미친놈이.

진짜 사기는 저 검성의 존재 그 자체다.

검을 쥔 모든 이들을 절규하게 만드는 검술의 천재.

무엇보다 죽을 때까지 단 한순간도 진화를 멈추지 않았던 검성의 검, 그 진정한 원동력은.

"하하……."

루인이 검성의 달라진 눈빛을 바라보며 웃어 버렸다.

검성의 눈빛이 평소에 무료해 보였던 것?

그건 그가 검밖에 모르기 때문이다.

검의 경지 외에 그의 삶을 자극할 만한 것은 아무것도 존재하지 않았다.

반짝이는 눈.

역시 녀석은 이 무식한 마도 병기를 마주하고도 새로운 재미를 발견한 아이처럼 초롱거리는 눈빛을 하고 있었다.

그러고 보니 레페이온은 저 검밖에 모르는 바보를 대체 무슨 방법으로 꾀어내었을까?

새삼 레페이온의 가공할 능력에 소름이 다 돋았다.

"이거 완전 대기사전의 카운터잖아?"

루인의 소름 돋는 미소에는 다 이유가 있었다.

저 무식한 아티펙트는 기사들이 넘을 수 없는 절대병기다.

검을 부딪칠 수 없는 것.

한 번에 빠져나간 투기의 양을 가늠해 보면, 웬만한 기사들은 몇 번의 수만 교환해도 투기가 모조리 털려 버릴 것이다.

"흐음."

지지직—

순간적으로 치솟는 스피릿 오러.

이내 스피릿 오러를 검기 형태로 발출하는 검성.

루인이 막강한 위력의 스피릿 오러를 혈우의 격노로 막았을 때.

까아아앙—

비로소 검성이 웃었다.

"스피릿 오러는 흡수를 못하네?"

혈우의 격노는 상대의 권능을 부딪쳐 흡수한다.

스피릿 오러는 발출하는 순간 육체와의 연결이 끊어진다.

검성은 그 특성을 즉각적으로 추론하고 약점을 발견한 것
이다.

루인의 웃음기가 사라졌다.

검성이 더욱 무서운 건 이런 동물적인 감각.

"그럼 간단하군."

본능적으로 위기를 느낀 루인이 재빨리 염동 마법을 일으
킨다.

부우우웅!

멀리서 그 광경을 지켜보던 시론이 침을 꿀꺽 삼켰다.

"미친……."

검성이 우두커니 선 채로 검만 휘두르고 있었다.

한 번 휘둘러질 때마다 진녹빛 스피릿 오러가 쏜살같이 루
인에게 쏘아진다.

그야말로 상상도 할 수 없는 속도.

시론은 그런 스피릿 오러들이 무슨 마법처럼 느껴졌다.

콰아앙!

콰아아앙!

중위계 배리어 마법과 온갖 쉴드 마법들이 짓쳐 오는 스피
릿 오러의 속도만큼 똑같은 간격으로 재생성되고 있었다.

파괴, 생성, 파괴, 생성.

바늘구멍 같은 여유조차 없어 보인다.

무식한 스피릿 오러 세례에 루인이 자랑하는 강력한 무투술이 완벽히 봉쇄되어 버린 것이다.

"저게 초인……."

시론은 몸서리가 쳐졌다.

자신이 경험한 기사의 스피릿 오러는 저런 종류가 아니었다.

극도로 집중한 기사의 정신, 그 강렬한 투기로 맺을 수 있는 것은 검 끝에 겨우 일렁이기 시작한 스피릿 오러가 다였다.

그걸 저렇게 윈드 커터(Wind Cutter)처럼 발출하는 것도 놀라운데, 저런 무식한 재생성과 속도라니.

콰아아앙!

콰아앙! 콰아아앙!

쉴드와 배리어들이 부서질 때마다 강력한 충격파가 사방으로 번져 나간다.

피부가 찌릿찌릿할 정도.

스피릿 오러도 스피릿 오러지만 초를 쪼개며 생성되는 루인의 염동 마법도 사람처럼 느껴지지 않았다.

이건 마치 초인의 투기가 먼저 소진되느냐, 루인의 마력과 염동력이 먼저 소진되느냐의 싸움.

"루인 님이 움직이고 있어!"

"뭐?"

놀랍게도 루인은 그 와중에 배리어와 쉴드를 조금씩 전면에 배치하며 천천히 전진하고 있었다.

오히려 마법사가 근접전을 펼치기 위해 전진하는 기상천외한 광경.

그때 시론의 눈빛에 당황스러움이 묻어 나왔다.

"저 기사…… 물러나는데?"

검성이 조금씩 뒤로 물러나고 있었다.

창술을 펼칠 만한 거리를 허용하지 않는 것이다.

다프네가 감탄을 터뜨렸다.

"와, 이 전투는 정말 귀하네요."

배워 온 상식과 관념이 모조리 붕괴되는 기분.

누가 기사고 누가 마법사인지 이제는 헷갈릴 지경이다.

"헤이스트(Haste)다!"

루인의 전신이 새하얀 빛살에 휘감기고 있었다.

육체의 생명력과 활력을 증폭하는 강화계 특화 마법, 헤이스트의 전형적인 전조 현상.

저 무식한 염동 마법으로 초를 쪼개며 배리어와 쉴드를 생성하고 있으면서도 헤이스트마저 걸 여유가 있다고?

"다프네 말처럼 루인은 정말 드래곤이 아닐까?"

"방해하지 말아요!"

콰아아아앙!

마지막 배리어가 산산조각 나며 푸른 빛살을 뿜어낼 무렵.

헤이스트로 강화된 루인의 혈주투계, 혈우의 격노가 뿜어
낸 마신창법이 빛살처럼 검성을 향해 쏘아진다.

인간의 시계(視界)로 가늠할 수조차 없는 엄청난 속도.

시뻘건 창대가 휘어지며 자신의 머리를 쪼개어 오자 검성
이 악착같이 이를 깨물었다.

소드 서큘러 콘(Sword circular cone).

아직 미완성의 검, 하지만 근접전에서 선택할 수 있는 가장
최상의 카드.

거대한 원뿔 형태의 검형(劍形)이 점점 시야로 가득 차오
르자.

루인이 온몸에 쉴드를 덧씌우며 그대로 원뿔의 중심을 가
격했다.

콰아아아아앙!

강렬한 빛살과 함께 퍼져 나가는 상상할 수 없는 위력의 충
격파.

순식간에 블록 전체가 기우뚱 기울어지며 에어라인은 금
방 아수라장이 되어 버렸다.

"으아아아악!"

"잡아! 아무거나 잡아!"

기울어진 블록의 각도로 인해 자칫 엄청난 인파가 압사할

수도 있는 상황.

그런 아수라장 속에서도 대마도사와 검성은 여전히 혈투를 이어 나가고 있었다.

꽈직!

반동을 이용해 하늘 위로 솟구친 검성은.

그대로 중력 가속도를 타고 빛살처럼 지상으로 파고들었다.

쏴아아아아아–

루인을 향해 수도 없이 뻗어 나간 검의 선형, 캘러미티 라인(Calamity Line).

검성을 상징하는 검술, 그 강렬한 선(線)의 향연에 루인의 눈빛에는 아련함과 광기가 동시에 번들거렸다.

구구구구구구–

수만 년의 세월을 격하고 흑암(黑暗)의 마도가 다시 세상에 출현한다.

어둠과 함께 드러난 광기의 기운.

융합 마력과 헤이로도스의 술식으로 재탄생된 마법, 다크니스 필드(darkness Field)는 그 등장만으로도 지켜보는 모든 이들을 경악케 했다.

광기의 어둠이 증식한다.

빛을, 공간을, 세상을 집어삼키기 시작한 다크니스 필드가 마치 융단처럼 캘러미티 라인을 흡수한다.

이내 다크니스 필드가 검붉은 빛을 머금으며 강렬하게 타오른다.

감당할 수 있는 물리력이 임계점에 도달했을 때 벌어지는 전조 현상.

루인이 이를 깨물며 주위를 두리번거렸다.

자신이 감당하지 않으면 많은 사람들이 다칠 것이다.

온몸에 다시 쉴드를 두른다.

역시 캘러미티 라인.

비록 그의 검이 아직 완성되지 않은 것이라 해도 검성은 역시 검성이었다.

최소 8성 기사의 검력쯤은 거뜬히 막을 수 있는 다크니스 필드가 걸레짝처럼 찢어지고 있었다.

그 와중에도 루인은 조각난 다크니스 필드를 수습하여 군중들의 머리 위에 둘렀다.

촤아아아아~

쉴드를 찢고 들어온 캘러미티 라인이 루인의 온몸에 혈선을 만들어 냈고.

"크으윽!"

순간적으로 쏟아져 나오기 시작한 핏물.

이어 영향권 내의 모든 공간에도 선의 향연이 이어졌다.

촤촤촤촤!

블록 바닥에 거미줄처럼 얽혀 새겨진 무시무시한 선들을

바라보며 생도들은 전율하고 있었다.

이것이 정녕 인간의 검이 만들어 낼 수 있는 조화란 말인가?

초인의 무시무시한 권능 앞에서 생도들은 아무런 말도 나오지 않았다.

탁-

타일에 착지한 검성이 신기한 동물을 발견한 듯 루인을 쳐다봤다.

"와, 정말 안 죽네?"

전력을 다한 캘러미티 라인을 막아 낸 상대는 처음이었다.

그 순간.

"넌 누구냐."

자신도 모르게 뒷걸음질 치는 검성.

상상할 수 없는 분노의 깊이, 그 광기의 진폭에 저절로 두려움이 치민 것이다.

"내 이름을 묻는 거라면 윌켄이다."

"……."

이런 게 검성 윌켄이라고?

그의 마음은 어떤 이보다도 따뜻하다.

불쌍한 생명들, 그 하나하나를 지키려고 자신의 모든 것을 희생한 희대의 영웅이다.

그 위대한 기사가, 그 고결한 검성이, 이렇게 아무런 죄의식도 없이 군중들을 향해 캘러미티 라인을 뿌려 댄다고?

이자는 검성이 아니었다.

루인은 확신하고 있었다.

"넌 기사가, 윌켄이 아니다."

검성이 눈살을 찌푸렸다.

마치 자신을 아는 듯한 태도도 거슬리는데, 놈은 이제 자신의 정체성마저 부정한다.

"내가 기사가 아니라고?"

간질거리는 투쟁심이, 그 분노의 진폭이 점점 검성의 마음 속을 헤집는다.

열광처럼 이글거리는 마음, 분노와 증오가 확산하며 그의 마음을 삽시간에 일그러뜨려 놓았다.

그 순간.

루인이 혈우의 격노를 떨어뜨릴 만큼 경악한다.

"……청염(靑炎)?"

분명 보았다.

순간적으로 검성의 두 눈동자에서 일렁이는 푸른 불꽃을.

악제의 집행자, 혹은 그의 군단장들이 권능을 드러낼 때면 반드시 드러나는 그 섬뜩한 현상.

온몸이 떨려 온다.

분노가 열꽃처럼 번져 간다.

온몸을 헤집고 짓이겨 오는 그 끔찍한 감각, 그 더러운 느낌을 도저히 떨쳐 낼 수가 없다.

설명할 수 없는 검성의 모습.

남아 있는 융합 마력, 대마도사 루인의 모든 권능이 일시에 쏟아진다.

쿠구구구구구-

마치 세계가 끝날 것만 같은 미지의 무언가가 고조되고 있다.

대마도사의 무너진 추억이, 상상할 수 없는 분노가 되어 그의 세상을 집어삼키고 있었다.

이내 토해지는, 절망에 가까운 침울한 목소리.

"……이미 검성은 죽었구나."

이 세계의 시간선이.

과거와는 명백히 다르게 흘러가고 있었다.

빌어먹게도.

◆ ◆ ◆

까앙!

-형님, 팔은 괜찮습니까?

-흐흐. 아직 떨어져 나간 건 아니잖아. 그나저나 네 마력은 얼마나 남았지?

-스펠 두 개 정도…….

-크윽…… 이번에도 시간은 내가 번다. 그리고 언제나 말했듯이 나는 신경 쓰지 말고 그냥 날려 버려. 그리고 저 모자 쓴 군단장 새끼. 반드시 죽여라 루인.

-…….

-그리고 이런 상황에서 좀 웃기긴 한데 그냥 오늘부터 우리 친구 하자.

-…….

-함께 죽을 뻔한 게 몇 번인데! 그깟 나이가 뭐가 중요하냐? 하하하하!

츠츠츠츠!
까앙! 가가각!

-섭섭하다, 루인.

-잡소리 그만하고 집중해라. 이번에 저놈들을 섬멸하지 못하면—

-사드하를 네 미들네임으로 했다며? 친하기로 따지면 내가 먼저 아니야?

-그건…… 추모의 의미다.

-어차피 나도 오늘 죽을 것 같다.

-헛소리하지 말고 집중…….

-진짜다 루인. 아까부터 투기가 이어지지 않아.

-그럼 뒤로…… 뒤로 빠져……! 어, 어디 가는 것이냐!

-너의 다음 미들네임은 나 월켄이다! 루인 사드하 월켄 드 베른. 얼마나 멋있냐?

-왜 넌 항상 먼저……!

-넌 허약한 마법사잖아. 내 검은 약한 이를 지키는 검이다!

-꺼져라…….

츠캉!

촤촤촤촤촤촤!

-로웬느가…….

-울지 마라! 월켄!

-시르하…… 루이즈…… 라울…….

-정신 차려라! 너마저 잃는다면! 나는…… 나는……!

-부탁이 있다…… 루인…….

-너까지 그렇게 말하지 마라! 대체 왜 다들 나에게만 소원을 남기지 못해 안달이란 말이냐!

-절대로 무너지지 마. 네 정신만 무너지지 않는다면 우리 연합에 희망은 있다.

-네가 연합의 총사령관이다! 그런 건 네가……!

-아니. 연합을 이끌던 존재는 처음부터 너였어, 루인.

-으아아아아아!

-처음으로 죽지 않는 네가 부럽지 않네.

-제발……

-먼저 이렇게 도망쳐서 미안하다, 루인.

눈물이 흘러내린다.

츠츠츠츠츠-

의지와 상관없이 반사적으로 밀려드는 추억.

증오로 모든 감정이 끓어오르면서도 녀석이 뱉던 농담이,
그 웃음이, 너무나도 생생해 가슴이 아리고 또 아렸다.

월켄의 두 눈 깊은 곳에 일렁이던 청염은 차가운 현실.

청염의 의미, 그 치밀한 악의 씨앗이 어떤 결과를 초래할지
를 너무나도 잘 알기에 분노를 멈출 수가 없었다.

결코 되돌릴 수 없는 악제의 악의(惡意).

촤촤촤촤촤촤!

악착같이 흑암의 융단을 걷어 내던 검성이 검을 회수하며
묘한 표정으로 고개를 비틀었다.

"후우…… 후우…… 대체 어떻게 마법으로 이런 게 가능한
거지?"

그것은 정보의 격차였다.

지난 생, 검성과의 대련은 매일매일 쳇바퀴처럼 행해지던
루인의 가장 중요한 일과 중 하나였다.

루인은 그가 완성했던 모든 비기를 알고 있다.

초인 너머의 경지, 초월자를 바라보고 있던 검성마저 흑암의 공포는 늘 압도적으로 이겨 왔다.

그런 검성의 초기 검술쯤은 비록 루인이 전생의 경지를 모두 회복하지 못한 상태라고 해도 손쉬웠다.

"이번 공격으로 완전히 끝낸다."

이내 검성의 눈빛에 강렬한 투쟁심이 얽힌다.

어쩔 수 없이 창과 수차례 맞부딪칠 수밖에 없었다.

투기가 얼마 남지 않은 상황.

자신이 지닌 최고의 검, 일격필살의 수법으로 끝내야 한다.

"캘러미티 블레이즈(Calamity blaze)는 아직 무리다."

"뭐?"

루인이 검을 잡고 있는 검성의 자세만 보고도 단숨에 그가 펼칠 검술을 알아본 것이다.

"의식의 경계에서 얻은 작은 깨달음에 불과한 검술이다."

"네가 그걸 어떻게……?"

"그런 검술을 현실의 검으로 구현해 내려면 투기보다 정신의 완성이 선행돼야 한다."

"너—"

그 순간.

측량할 수 없는 농도의 융합 마력이 루인의 염동에 의해 술식으로 구현된다.

그것은 마신 쟈이로벨의 정신주박술 메아트마(ᛗᛆᔈᔈᴏy)의

259

열화판 마법이 아니었다.

헤이로도스의 술식으로 재탄생된 절대적인 정신계 마법.

백마법의 체계에서 소울 컨퓨전(Soul confusion)은 이론상
의 경지였다.

그러나 만 년 이상 단련된 루인의 정신계는 드래곤, 아니
오히려 그들을 능가할 지경.

쿵!

알 수 없는 미지의 힘이 뇌리로 스며든 순간 모든 감각이
무너진다.

신경계가 모조리 마비된 듯, 더 이상 육체를 통제할 수가
없다.

철커덩-

눈을 부릅뜨며 검을 떨어뜨린 검성.

관절 인형처럼 부자연스러운 모습으로 서 있는 검성을 향
해 루인이 천천히 걸어간다.

"통제도 하지 못하는 검술로 대체 얼마나 많은 사람들을
다치게 할 것이냐."

청염을 받아들인 인간은 양심과 인격이 순수한 동물처럼
변한다.

사람이 벌레를 밟아 죽일 때 별다른 죄의식을 느끼지 못하
는 것처럼, 같은 인간을 향해서도 그런 감정을 느끼게 되는
것이다.

그리고 그런 인간성의 말살 끝에 완성될 청염은 이 세계의 재해(災害)였다.

악제의 군단장들.

오히려 악제보다 그런 군단장들에게 죽어 나간 인간의 수가 훨씬 많았다.

검성이 그런 악마가 되는 미래를 루인은 도저히 받아들일 수 없었다.

남은 융합 마력을 모조리 치환하여 혈주투계에 투입한다.

탈력감으로 새하얗게 변한 루인의 얼굴.

퍼펙!

검성의 몸을 파고든 강력한 권격에 그의 몸이 천천히 기울어 가자.

루인이 아무런 감정도 없는 표정으로 그를 부축했다.

저벅저벅.

검성을 들쳐 메고 단상을 향해 걸어가는 루인.

어지럽게 흩날리는 눈, 에어라인이 적막으로 물들었다.

아무도, 그 누구도 입을 열지 못했다.

르마델 왕국에 무수한 역사와 전설이 있었으나 오늘처럼 충격적인 기수 쟁탈전은 존재하지 않았다.

전율과 공포, 그리고 광기.

전력을 다한 루인의 마도(魔道)는 아직 이 세계가 쉽사리 받아들일 수 없는 것.

방금 루인은 모든 마법의 상식을 부정했다.

그의 염동 마법은 초 단위를 쪼개며 짓쳐 오는 모든 초인의 검술을 막아 냈다.

마음만 먹는다면 에어라인조차 부술 수 있는 검술, 그런 위대한 초인을 대인전으로 상대할 수 있는 마법사는 지금까지 인간의 역사에 존재하지 않았다.

그리고 그 전투의 마지막은.

"초, 초인이 왜 갑자기 기절한 거지?"

"……컨퓨전 계열의 정신 마법이다."

"리리아!"

어느덧 시론 일행에게 나타난 리리아는 아직 제대로 몸을 가누지 못하고 있었다.

슈리에가 걱정 가득한 목소리로 물었다.

"결국 견뎌 냈군요! 그런데 괜찮겠어요? 아직 많이 힘들어 보이는데."

"괜찮다, 슈리에. 그동안 돌봐 줘서 고맙다."

슈리에가 두 눈을 동그랗게 떴다.

그간의 리리아는 이렇게 쉽게 고마움을 표시하며 감정을 드러내는 사람이 아니었다.

그렇게 슈리에가 묘하게 리리아를 바라보고 있을 때 시론의 망연자실한 목소리가 들려왔다.

"정말로 컨퓨전(confusion)일까?"

루인이 염동 마법으로 모든 시전 과정을 생략해 버렸기 때문에 생도들은 그의 술식을 제대로 읽을 수 없었다.

"내가 당해 봐서 알아. 술식은 읽을 수 없어도 마력의 흐름이 그때와 똑같다."

"그래, 너라면……."

이 중에서 리리아는 루인의 정신 마법을 겪어 본 유일한 마법사, 그녀의 감각이라면 확실히 믿을 수 있었다.

"하…… 컨퓨전이라니……."

초인과 동일한 위상의 현자에게도 아득하기만 한, 그것은 명백히 초인 너머의 영역이었다.

얼마 전 스스로 드러낸 루인의 마법 위계는 이제 5위계.

도대체 저 인간은 앞뒤가 맞는 것이 하나도 없었다.

"그런데 컨퓨전이 초인의 정신을 제압할 정도라면 사실상 초인보다 상위의 경지인 건가?"

다프네가 고개를 저었다.

"컨퓨전은 상대의 무력과 상관이 없어요. 컨퓨전을 막을 수 있는 건 투기나 검술 같은 경지가 아니라 오로지 정신력, 즉 정신 방벽의 유무죠."

"그걸 네가 어떻게 알아?"

"그건 스승님께서……."

"할아버지가?"

현자 에기오스가 그런 언급을 했다는 건 그가 정신 마법을 연구하기 시작했다는 뜻.

"정말 그렇게 말씀하셨다고?"

정신 마법을 연구하다가 그 난해함에 미쳐 버린 마법사들이 부지기수였다.

현자의 경지마저 돌파하고 싶은 할아버지의 마음은 이해하지만 걱정부터 치미는 것이 시론의 마음이었다.

"아, 그리고 리리아! 저 녀석은 하이베른가의 대공자였어!"

리리아가 갑자기 대화에 끼어든 세베론을 바라보며 희미하게 웃었다.

"귀족, 그리고 기사의 가문이라고는 짐작했었다."

듣고 있던 시론이 반문했다.

"왜지?"

"지금까지 내가 경험한 루인의 자아는 마법사라기보단 기사에 가까웠다."

리리아의 말을 듣고 난 후 시론은 지난 모든 날의 루인을 떠올려 보았다.

과연, 그녀의 말을 듣고 보니 루인의 모든 행동들이 맞아떨어졌다.

분명 기사 가문에서나 어울릴 법한 의식 체계.

"하지만 대공자는 조금 의외군."

"그래, 이제 왕립 아카데미가 뒤집어질 거다."

"아무런 거리낌 없이 아카데미에 하이베른가의 후원을 이

끌어 낼 거라고 했을 때 우린 눈치챘어야 했어요."

"결과론적인 이야기다."

"잠깐만! 다들 조용!"

어느덧 다시 단상 위에 올라선 루인.

곧 그가 검성의 목을 가격했다.

퍼억!

루인이 바닥에 쓰러져 기절해 버린 검성을 무심하게 바라보다 하이렌시아가 측을 향해 차갑게 선언했다.

"렌시아가의 대전사, 도전자 검산은 패배했다."

이미 기사 쟁탈전의 시작부터 온몸이 굳어져 버렸던 레페이온에게 더한 충격은 없었다.

하이베른가의 대공자.

새파란 애송이인 줄로만 알았던 그는 저 사자왕 카젠보다 더 무시무시한 존재였다.

사자왕 카젠이 이런 엄청난 괴물을 키우고 있었다니!

수도 없는 까마귀들을 동원해 왕국의 모든 이목을 집중시킨 결과는 처참했다.

알칸 제국의 숨은 초인이 패배할 줄은 상상도 하지 못한 것이다.

그를 영입하기 위해 가문의 모든 정보력과 인적 자원을 갈아 넣었다.

알칸 제국 놈들이 먼저 영입하기 전에 철저하게 계산된 전략으로 그의 마음을 움켜잡았던 것이다.

"패배를 인정하는가?"

"……인정한다."

레페이온의 입가에서 핏물이 흘러내렸다.

그가 상상도 해 보지 못한 결말이었지만 뼈를 깎는 심정으로 수습을 다짐하고 있었다.

르마델 왕국의 핸드는 그만한 힘과 역량을 가지고 있으니까.

민심이야 또다시 까마귀를 동원하면 그만이다.

이번 기수 쟁탈전을 부정한 결과로 몰아갈 것이다.

마법에 대해서 잘 알지는 못하지만 분명 저 대공자가 최후에 보였던 마법들은 불길하고 어두운 마법이었다.

마계의 악마에게 영혼을 판 흑마법사로 몰아가기 딱 좋은 상황인 것이다.

"눈알을 굴리는 소리가 여기까지 들리는군."

"……."

"모든 계략을 받아 주마. 하지만 그 끝엔 본 가의 참혹한 징벌만이 기다리고 있을 것이다."

문득 하이베른가 진영을 향해 목소리를 드높이는 루인.

"하이베른가는 이번 기수 쟁탈전의 도전자를 구금(拘禁)한다."

하이베른가의 기사들이 각자의 무기를 갑주에 부딪쳤다.

-충!

변칙적인 루인의 선언에 레페이온의 얼굴에는 당혹한 감정이 고스란히 드러나 있었다.

"그게 무슨 소리냐!"

"첩자 혐의다. 알칸 제국의 기사더군."

"헛소리! 그는 본 가의 직계 성을 하사받은 기사다!"

"감히 적성국의 기사를 가문으로 받아들여 성을 하사하고 왕국의 비밀인 에어라인까지 입천하게 하다니! 렌시아는 제정신인가?"

더욱 목청을 높이는 루인.

"적성국의 기사가 에어라인을 파괴하려는 현장을 시민들 모두가 목격했다. 내가 아니었다면 행사장의 사람들 절반은 이미 죽었다. 그러므로 이번 기수 쟁탈전은 역모의 전조다."

환상검제 레페이온이 체면을 포기하며 벌떡 일어났다.

"개 같은 소리! 혐의가 있다고 해도 르마델의 왕법으로 가늠할 일! 네놈에게 무슨 단죄할 권한이 있단 말인가!"

"금일부로—"

루인이 금린사자기를 움켜쥔다.

쾌아앙!

"하이베른가는 영지전을 각오한다."

갑작스러운 루인의 행동에 멍하니 굳어져 버린 레페이온.

루인이 금린사자기를 창처럼 하이렌시아가를 향해 겨누었다.

"지금부터 첩자의 압송을 방해하는 이를 왕국의 적으로 규정한다. 하이베른가의 기사들은 대공의 명을 따르라."

-충!

◆ ◈ ◆

사자정원의 임시 대공저 안.

카젠은 절도 있는 예법으로 대공의 인장을 바쳐 오는 루인을 말없이 응시하고 있었다.

한쪽으로 꿇은 무릎.

감정을 읽을 수 없는 눈.

이제는 도저히 자신의 아들처럼 느껴지지 않는다.

기수 쟁탈전에서의 루인은 대공의 인을 빌려 잠시 권한을 행사하는 수준이 아니었다.

완벽한 대공, 아니 루인에게는 그 이상의 무언가가 있었다.

대공가에 속한 기사들의 마음을 들끓게 만드는 어떤 미지의 힘.

그것은 베른의 이름 아래 살아가는 모든 이들을 가슴 벅차게 만드는 사자의 포효였다.

불의를 징치하는 심판관이자 누구보다 용맹한 기사였으며 백성들을 아우르는 진정한 군주였다.

이번 기수 쟁탈전으로 루인은 많은 것을 얻었다.

봉신가와 방계 기사들의 마음을 훔쳤고 렌시아가의 음모를 분쇄했다.

상식을 넘어서는 마법의 위상을 통해 아카데미를 장악했으며 시민들의 마음까지 얻어 냈다.

특히 초인과의 치열한 전투 중에도 시민들의 안전을 먼저 생각하며 고군분투했던 루인의 모습은 군주 그 자체였다.

대공자로서의 위상을 세우는 수준을 넘어선, 그야말로 모든 것을 얻어 낸 루인.

이 모든 것이 정녕 소년에 불과한 대공자의 나이에 가능한 일일까?

모든 것이 불가사의.

한사코 대공자의 직위를 거절했던 루인의 지난 과거를 생각하면 이건 명백히 달라진 루인의 태도였다.

녀석은 확실히 마음을 먹은 것이다.

대공자를 거부하지 않기로.

그리고 끝내 뜻을 세운 그의 거침없는 행보는 그야말로 전율이었다.

"아버지, 우리 형님 다리 저리겠습니다."

잔잔히 웃고 있는 데인.

나직이 한숨을 내쉬던 카젠이 대공의 인을 받아 들었다.

대공자의 예를 풀며 일어난 루인이 자리에 앉았다.

"렌시아가의 대전사, 검산이라는 자는 왜 구금한 것이냐."

"밝힌 그대로입니다. 놈은 르마델의 적성국, 알칸 제국의
초인입니다. 그런 자를 가문의 대전사로, 또 에어라인에 들인
것은 중죄라 할 만하지요."

"내가 널 모르느냐? 그런 건 부차적이고 표면적인 이유겠
지. 이 아비에게까지 숨길 작정인 것이냐?"

표정을 굳히는 루인.

"초인입니다. 그런 뛰어난 기사를 계속 렌시아가에 둘 수
없습니다."

카젠의 눈빛이 강렬하게 빛났다.

"허나 방식이 너무 강짜였다. 레페이온이 그만한 초인을
영입했다면 출혈이 막심했을 터. 지금이야 금린사자기의 권
위 때문에 잠시 물러났을 뿐, 조만간 반드시 발톱을 드러낼
것이다."

루인은 아버지의 예상이 궁금했다.

"어떤 방식으로 말입니까?"

"뻔하지 않느냐. 틀림없이 왕실의 권위를 빌릴 것이다. 왕
실의 조사관들이 직접 조사하겠다고 설치겠지. 그렇게 나오
면 우리로선 달리 왕실에 인계하지 않을 명분이 없다."

끼어드는 데인.

"분명 조사관들은 왕의 핸드 레페이온의 사람들일 겁니다. 별다른 조사 과정 없이 검산은 다시 렌시아가로 돌아갈 수 있겠죠. 음…… 형님?"

명백히 예상되는 불안한 상황인데도 루인은 그저 웃고 있었다.

그런 대공자의 웃음에 담긴 의미를 카젠은 쉽사리 읽지 못했다.

카젠이 고개를 절레절레 저었다.

"우리 대공자에게 또 무슨 계획이 있는 게로구나."

물어보고 싶었지만 카젠은 함부로 그럴 수 없었다.

괜히 물어봤다가 또 엄청난 사달을 일으킬 것만 같아 골머리가 아파 왔다.

또한 대공자는 본인이 결심하지 않는 이상 누가 묻는다고 쉽게 대답할 위인도 아니었다. 그것이 이 카젠이라고 해도.

결국 카젠은 화제를 전환할 수밖에 없었다.

"네 마법은 도대체 무엇이냐. 그 창술은 또 무엇이고."

그것은 하이베른가의 가주이기에 앞서 순수한 무인의 질문이었다.

특히 마법도 마법이지만 루인이 선보였던 창술 또한 결코 서툰 무투술이 아니었다.

대개의 무류(武流)란 반드시 고유의 형식이 있게 마련.

하지만 루인의 창술에 담긴 형(形)은 카젠이 살면서 한 번도 경험하지 못한 종류였다.

루인의 창술은 격렬하고 묵직한 북부식이 아니었다.

그렇다고 부드럽고 방어적인 남부식 무투술 같지도 않았다.

경쾌하고 빠른 동부식 무투술도, 잔인하며 악랄한 서부식도 아니었다.

어찌 보면 그 모두를 닮아 있었다.

격렬하다가 부드럽고, 경쾌하다가도 잔인한, 그 모든 움직임이 루인의 동작에 녹아 있었다. 다만 특정할 수 없을 뿐.

분명한 것은 결코 하이베른가의 무투 방식이 아니라는 점이었다.

"무인의 무투술은 말로 해명할 수 있는 것이 아닙니다. 그리고 아버지께서는 이미 기회가 있지 않습니까."

나중에 가문으로 돌아가 붙어 보면 알게 될 텐데 뭘 벌써 궁상맞게 알려고 드십니까.

루인의 그런 목소리가 마치 환청처럼 들려온다.

카젠이 피식 웃어 버렸다.

"참으로 신비한 우리 대공자구나."

문득 호기심이 치민 데인.

"아버지는 형님을 이기실 수 있겠습니까?"

카젠이 이내 어처구니가 없다는 표정을 했다.

"대체 너는 이 나를 어떻게 생각하는 것이냐? 아무리 그래도 그렇지 설마 내가 아들 녀석에게 질 것 같으냐?"

"하지만 형님께서는 초인을……."

"렌시아가의 대전사는 비록 초인의 경지를 이룩했지만 경험이 매우 적은 기사였다. 그의 이명을 미뤄 볼 때 아마도 평생을 홀로 수련했을 것이다."

루인은 아버지의 도발에 쉽게 넘어가지 않았다.

물론 맞는 말이기도 했다.

지금의 검성은 이리처럼 잔인하지도 승냥이처럼 교활하지도 못하는, 그저 힘만 무식하게 드센 멧돼지였다.

전장에서 잔뼈가 굵은 아버지의 검술은 그런 온갖 이리 떼와 승냥이들을 사냥하며 완성한 사자의 검.

그 경험의 깊이란 검성과는 비교가 되지 않는다.

이번 기수 쟁탈전에 검성과 직접 맞붙으셨다고 해도 처음에는 낭패를 보시겠지만 장기적으로는 아버지가 좀 더 유리했을 것이다.

지금의 검성은 그저 무식한 스피릿 오러가 전부다.

마구잡이로 뿌려 대는 캘러미티 라인을 제외하면 사실 검술이랄 것도 없었다.

녀석의 무서움은 훗날 캘러미티 블레이즈를 완성하고 발휘된다.

이대로 그가 캘러미티 블레이즈를 완성한다면…….

그것은 사상 최악, 절대적인 군단장의 등장을 의미했다.

그를 적으로 마주한다는 것을 상상도 하기 싫었다.

하루라도 빨리 그를 정상으로 되돌릴 방법을 찾아야 했다.

벌 수 있는 시간이 얼마 없었다.

아버지와 형님의 대결을 떠올리니 벌써부터 데인의 눈빛이 열정으로 이글거리고 있었다.

"정말 기대됩니다! 아버지!"

루인의 눈빛이 무겁게 가라앉았다.

"검산을 가문으로 데려가면 그에게 별장을 내어 주시고 아무것도 하지 마십시오. 그저 수련할 공간과 음식만 있으면 충분합니다. 아, 그리고 가끔씩 대련을 해 주면 좋아할 겁니다."

"대련……?"

"바라신 것이 아니었습니까?"

금방 카젠의 두 눈이 흥미로 물들었다.

경험 없는 기사라고 해도 초인은 초인.

대련 욕심이 나지 않을 리가 없었다.

"그리고 데인, 너도 그의 옆에서 많은 것을 배울 수 있을 것이다. 반드시 그의 마음을 얻고 가르침을 청하거라."

검성 월켄이 데인에게 마음을 열지는 미지수였다.

일인전승의 폐쇄적인 검술유파에 몸담고 있는 그는 검술을 함부로 타인에게 전하지 않았다.

"그렇게 하겠습니다, 형님."

데인은 이유를 묻지 않았다.

그저 형님이 그렇게 하라면 하는 것이다.

데인에게 있어 루인을 향한 믿음은 신뢰라기보단 신앙에 가까운 것.

말을 끝낸 루인이 어느덧 대공저의 문밖을 바라보고 있었다.

그렇게 루인이 계속 누군가를 기다리는 듯한 태도를 취하자 카젠이 다시 입을 열었다.

"누가 오기라도 한 것이냐?"

"마침 오는군요."

담담한 표정으로 호위 기사의 몸수색을 받고 있는 화려한 예복의 청년.

흰색 예복의 중심에 선명한 새겨진 에메랄드빛 드래곤 문양.

청룡 베스키아의 문양을 예복에 새길 수 있는 이는 왕족밖에 없었다.

익히 아는 얼굴, 데인이 벌떡 일어나며 소리쳤다.

"아라혼 저하!"

르마델 왕국의 1왕자, 아라혼 니소 르마델.

그가 루인을 보자마자 씨익 웃고 있었다.

"이거 원. 멋대로 서찰을 남기더니 반겨 주지도 않는군."

루인이 마주 보며 피식 웃자 아라혼이 예를 갖추었다.

"하이베른가의 대공을 뵙습니다."

금린사자기의 주인, 왕국의 기수는 국왕의 바로 아래.

왕국의 체계상 왕자와 대공의 위계는 같지만 그 위상은 확연하게 차이가 났다.

"어서 오시오, 아라혼 왕자."

카젠이 자리에서 일어나 아라혼을 반겨 주었다.

데인이 서둘러 의자를 빼며 아라혼을 향해 정중히 예를 다했다.

"여기 앉으십시오. 왕자님."

"그대가 바로 왕국 역사상 최연소의 기사, 데인 경이군?"

"과람한 칭찬이십니다."

몸은 굽히면서도 당당한 자존감과 절도, 기사의 기백이 고스란히 드러난다.

사자의 가문, 대공가 하이베른의 자제답게 데인의 첫인상은 훌륭하기 짝이 없었다.

"그대의 형이 그대의 반만 닮았으면 소원이 없겠군."

"흰소리 그만하고 앉아라."

"하, 이거 봐, 동생."

루인의 자연스러운 하대에 카젠이 눈살을 찌푸렸다.

그런 사자왕의 불편한 심기를 읽은 아라혼이 이내 손을 휘휘 내저었다.

"대공께서 신경 쓰실 일이 아닙니다. 어차피 친구 먹기로 해서. 뭐, 아직 적응은 잘 안 되지만 그러려니 합니다."

"아비를 닮아 불민한 아들이오. 용서하시오."

"그게…… 대공님을 닮은 거였습니까?"

이번엔 루인이 인상을 찌푸렸다.

"후…… 존댓말이 그렇게 좋다면—"

"아, 그건 내 쪽에서 거절하지. 저번에도 오히려 기분이 더 별로더라고."

"알아들었으면 앉아라."

"그러지."

자리에 앉은 아라혼이 웃으며 카젠을 응시했다.

"참으로 잘난 아드님을 두셨습니다."

아라혼 역시 모두 지켜보았다.

하이베른가의 대전사로 나선 루인의 기수 쟁탈전을.

하이베른가를 방문했을 때 녀석이 한없이 당당했던 이유를, 그 압도적인 위압감을 그제야 모두 이해한 아라혼.

초인의 경지에 이른 하이렌시아가의 대전사를 상대할 수 있는 역량은 르마델의 1왕자, 아라혼의 친구로서 손색이 없었다.

더구나 왕국의 사자가(家), 하이베른가의 대공자.

친구가 될 수 있다면 오히려 자신이 먼저 요구했어도 자연스러운 것이었다.

"과찬의 말씀, 아직 모자람이 많은 아들이오. 왕자께서 잘

지도해 주시오."

"풋! 지도라고요?"

루인이 보낸 서찰을 보며 몇 번이고 경악했는지 모른다.

몇 수 앞을 내다보는 철저한 계획, 그 아득하고 치밀한 심계란 자신이 겪은 모든 노회한 정치인들을 초월하는 것이었다.

서찰 하나만으로 현자를 넘어서는 지략을 고스란히 느끼게 만드는 존재, 그런 루인을 무슨 지도를 하라니.

아라혼이 여전히 미소 띤 채 다시 카젠을 응시했다.

"제안을 하나 드리겠습니다."

"제안……?"

카젠이 루인을 쳐다봤다.

기원제 기간, 왕실의 행사로 바쁠 1왕자가 갑작스럽게 방문하여 제안을 운운하는 것은 분명 대공자와 무관하지 않을 것이었다.

"저를 후원하겠다는 확실한 하이베른가의 공표를 내어 주십시오."

왕국의 기수, 사자의 명예는 하이베른가가 지닌 가장 강력한 힘.

왕국의 건국 때부터 내려온 사자의 위상은 견고한 정통성을 확보할 수 있는 가장 효과적인 수단이었다.

"저로서는 공녀님과의 혼약 동맹이 가장 좋긴 한데, 그랬다간 이놈이 저를 죽일 것 같으니 후원으로 만족하겠습니다."

실제로 아라혼이 데아슈를 언급하자 루인이 그를 죽일 듯이 노려보고 있었다. 물론 데인의 눈빛도 동시에 맹렬해졌다.

"그것으로 우리 하이베른이 얻을 수 있는 건 무엇이오?"

"……베른 공작령을 향한 왕실의 행위 일체를 중단시키겠습니다."

1왕자 아라혼 역시 엄연히 왕실의 구성원.

오랫동안 하이베른가의 힘을 약화시키기 위해 노력해 온 왕실의 치부를 밝혔으니 그로서도 속이 쓰리지 않을 수 없었다.

"으음……."

루인이 가문에 남기고 간 서류를 통해 이제는 카젠도 알고 있었다.

오랜 세월 하이베른가를 괴롭혀 온 왕실의 협잡을.

"지금까지 우리 하이베른가가 르마델의 특정 왕자를 일방적으로 후원한 적은 없었소."

"어려운 부탁이란 것을 압니다."

"그보다 근본적인 문제가 있소. 그대는 아직 후계 구도가 확실히 서지 않은 르마델의 일개 왕자요. 명목상의 1왕자라는 뜻이지. 그런 그대가 무슨 수로 왕실을 움직이는 렌시아가의 술수를 막는단 말이오?"

그때, 루인이 끼어들었다.

"이 녀석의 역량은 제가 만들어 줄 작정입니다."

"대공자가?"

"빚은 확실하게 받아 내는 편이니까요. 그리고 마침내 아라혼이 왕세자가 되는 데 성공한다면—"

"성공한다면?"

루인과 아라혼이 동시에 웃는다.

"왕세자 아라혼은 하이베른가의 재 공국 선포를 도울 겁니다."

"뭐, 뭐라?"

그것은 카젠에게 있어서 충격을 넘어선 전율이었다.

대공국의 꿈.

한참 동안 신중한 표정으로 생각에 잠겨 있던 카젠이 무겁게 입을 열었다.

"……데아슈가 올해 몇 살이었지?"

루인과 데인이 동시에 소리친다.

"아버지!"

"정신 차리세요!"

Chapter. 36

철창 속의 월켄은 애써 상황을 묻지도 빠져나오려고 하지
도 않았다.

끊임없는 상념으로 얽히는 그의 눈빛.

루인은 그런 월켄의 머릿속이 지금 무엇으로 꽉 차 있는지
를 잘 알고 있었다.

스스로 납득할 수 있을 때까지 끊임없이 자신과의 대결을
복기하고 있는 것이다.

이내 루인이 철창 밖 바닥에 아무렇게나 앉았다.

그제야 월켄이 루인을 물끄러미 바라봤다.

"마지막에 그건 대체 뭐였지……?"

아직도 경악스러웠던 당시 상황에서 빠져나오지 못한 듯, 월켄의 얼굴에는 온갖 의문으로 얼룩져 있었다.

마신의 정신 통제 마법 메아트마(ʜᴀ乷ᴏʏ)가 녹아 있는 루인의 소울 컨퓨전은 현자의 초월적인 정신 방벽으로도 막을 수 없는 것이었다.

아직 마법에 대한 조예가 전무한 월켄으로서는 그저 아득한 재앙처럼 느껴지는 것이 당연했다.

〈그건 영혼의 의지, 인간의 자아가 투영된 정신 마법이에요. 정신계를 특별한 방법으로 수련하지 않는 이상 막을 방법은 없어요.〉

루인이 월켄을 만나는 자리에 루이즈를 데리고 온 것은 특별한 이유가 없었다.

그냥 그렇게 해야 할 것만 같았기 때문.

흑암의 공포.

적요하는 마법사.

그리고 위대한 검성(劍聖).

인간 진영을 이끌던 영웅들은 말없이 시선을 주고받으며 긴 침묵을 이어 가고 있었다.

상념에 상념을 이어 갔으나 월켄은 결국 결론을 내릴 수가 없었다.

"그런 게 마법이라면…… 방법이 없겠군."

현재 자신의 능력으로는 절대로 소울 컨퓨전을 상대할 수 없다는 것. 그것이 월켄의 결론이었다.

검(劍)으로써 상대하지 못할 것은 없다고 믿어 온 검사의 삶이었다.

완성하기만 한다면 세상조차 상대할 수 있다는 신념으로 살아온 월켄에게 너무나 갑작스럽게 닥친 벽.

월켄은 마치 자연재해처럼 자신에게 닥친 인간을 다시 지독하게 응시했다.

"정신 마법이 그런 거라면 애초부터 기사는 마법사를 이길 수 없는 거냐?"

이어진 루인의 무심한 대답.

"마력은 마법사의 직관과 감각에 의존하지만 기사는 투기를 다루는 데 정신을 이용하지. 그러므로 정신을 수양하는 측면에서는 오히려 기사가 더 유리한 측면이 있다."

"기사의 정신……?"

"넌 아직 초인의 벽에 다다르지 못했다. 때가 되면 자연스레 정신 마법을 상대할 방법을 깨닫게 될 테니 조급해하지 마라."

월켄은 이해할 수 없다는 눈빛이었다.

눈앞의 소년은 자신에 비해 적어도 열 살은 어려 보였으니까.

"그 말은 너는 초인의 벽을 돌파했다는 뜻이냐?"

"그랬지."

"그랬지?"

루인의 묘한 과거형 어감에 월켄은 더욱 머릿속이 복잡해졌다.

〈저도 루인 님에게 정신계를 다루는 법을 배우는 중이에요. 당신은 기사지만 정신계를 다루는 방법에 있어서는 큰 차이가 없을 거예요. 함께 배워 보실래요?〉

지금 루이즈의 간절한 목표 역시 정신 침투를 견디는 정신 방벽이었다.

같은 길을 헤매는 동지를 만났으니 그녀도 왠지 반가운 마음이 든 것이다.

그런 루이즈의 말에 월켄의 얼굴에 묘한 감정이 서렸다. 경계심과 반가운 마음이 공존하는 기이한 표정이었다.

"네 마법을 가르쳐 준다고?"

월켄의 검술 유파는 지극히 폐쇄적인 일인전승의 유파.

검술의 유출을 조심하라는 스승의 당부를 온 마음에 새기며 자라 온 월켄이었다.

그로서는 저렇게 쉽게 자신의 지혜를 베풀겠다는 루이즈의 행동이 이해가 되지 않는 것이다.

〈네. 루인 님만 허락한다면요.〉

월켄이 다시 복잡한 표정으로 루인을 바라보았다.

고개를 끄덕이는 루인.

"공존이 힘든 기사와 마법사가 사이좋게 공부를 하겠다는데 굳이 말릴 이유는 없다."

월켄의 환해진 표정.

"그럼 지금 당장 가르쳐 줘!"

"나중에. 지금은 네게 할 말이 있어서 찾아왔다."

우우우웅-

루인이 염동력을 일으키며 허공에 수인을 맺자, 시야 교란 마법과 침묵의 술식이 사방으로 얽혔다.

루이즈가 그런 루인의 의도를 곧바로 읽어 냈다.

〈전 이만 돌아가겠어요. 초인 기사님, 나중에 봐요.〉

"아니! 가르쳐 준다고 해 놓고 갑자기 어디를!"

그렇게 루이즈가 임시 감옥을 떠나자 루인이 수인을 걷어 내며 자리에서 일어났다.

"……월켄."

이곳으로 오기 전 루인은 모든 각오를 끝냈다.

평범한 방식으로는 결코 월켄을 구할 수 없었다.

악제의 청염(靑炎)을 반드시 제거해야만 했다. 그리고 그 일은 엄청난 위험 부담을 져야만 하는 일이었다.

진실이 아닌 거짓으로, 자신을 숨기는 방식으로는 절대로 윌켄을 설득할 수가 없었다.

윌켄의 흔들리는 동공.

자신을 아련한 눈빛으로 바라보는 루인을 이해할 수 없었다.

모든 사람들에게 초인 기사, 혹은 검산으로만 불려 왔다.

스승님 외에는 부르는 사람이 없었던 자신의 이름을 이 하이베른가의 대공자라는 녀석은 매번 허물없이 부르고 있었다.

한데 듣기에 좋았다.

당황스러울 정도로.

그러고 보니 기수 쟁탈전 당시, 녀석이 했던 모든 말들이 불가사의투성이였다.

"아직 완성하지 못한 나의 캘러미티 블레이즈를 너는 어떻게 알고 있었던 거지?"

순간, 루인의 강렬해지는 눈빛.

"나는 너의 미래를 아는 자다."

"뭐?"

윌켄은 당황했지만 그런 존재를 들어 보지 못한 것은 아니었다.

"점성술사나 예언자란 말이냐?"

"아니."

끼이이익-

루인이 열쇠 꾸러미로 철창을 열더니 월켄의 맞은편에 앉았다.

이어진 루인의 말에 월켄의 얼굴이 점점 더 경악으로 얼룩졌다.

"네 검술은 총 8식으로 나뉘지. 소드 브링어(Sword Bringer), 소드 스파이럴(Sword Spiral), 소드 서큘러 콘(Sword Circular Cone), 소드 스톰 라이저(Sword Storm Riser)의 전(前) 4식."

"……."

"캘러미티 라인(Calamity Line), 캘러미티 웨이브(Calamity wave), 캘러미티 블레이즈(Calamity Blaze), 그리고 미래에 완성될 네 궁극의 경지인 캘러미티 카오스(Calamity Chaos)의 후(後) 4식."

"……."

"투기의 명칭은 혼돈의 오러. 네 검술 유파는 그 옛날의 대륙을 제패한 패왕 바스더로부터 이어진 궁극의 검술."

"……."

"네 유파가 일인전승의 비밀 유파인 이유는 아직도 알칸 제국이 패왕 바스더의 잔당과 후손들을 눈에 불을 켜고 찾고 있기 때문이지. 모조리 씨를 말리기 위해."

"……."

"그래서 넌 알칸 제국을 증오한다. 그때의 너도 알칸 제국의 기사가 될 생각은 처음부터 없었다."

순간적으로 윌켄의 두 눈이 분노로 이글거렸다.

"네놈! 감히 네 뒷조사를……!"

"뒷조사?"

경악한 윌켄의 시선을 담담히 마주 바라보던 루인이 손짓으로 그의 가슴을 가리켰다.

"넌 언제나 가슴에 슈톨렌 인형을 품고 다닌다."

"뭐……?"

"얼굴도 기억나지 않는 여동생의 슈톨렌 인형. 가족을 찾을 수 있는 유일한 단서."

윌켄의 온몸이 떨리고 있었다.

지금도 알칸 제국은 악착같이 바스더의 후예들을 추적하고 있다.

그러므로 잊힌 제국의 검술, 패왕 바스더의 흔적 따위는 까마귀들을 동원하면 추적이 불가능한 건 아닐 것이다.

하지만 슈톨렌 인형은 달랐다.

그건 스승에게도 말하지 않은, 오로지 자신만이 간직하고 있는 비밀.

"어떻게 네가……."

자신의 미래를 아는 자라니.

그런 게 정말 가능하단 소린가?

"월켄, 너는……."

루인은 앞으로 그가 겪게 될, 미래의 모든 일들을 담담히 말해 주었다.

악제의 존재.

자신들이 싸워 온 세월.

잃게 될 동료들과 세계의 최후까지.

루인은 단 하나도 더하거나 빼지 않고 그에게 모든 것을 전했다.

월켄의 상상도 할 수 없다는 표정.

도저히 사실로 받아들이지 못하겠다는 듯, 그의 얼굴은 온갖 혼란으로 얼룩져 있었다.

"어떻게 그런 존재가…… 그런 처참한 일들이……."

마치 인류의 역사에 존재해 온 모든 파멸들을 합쳐 놓은 듯한 참혹한 미래.

한데, 그 모든 과정을 설명하는 루인의 태도가 뭔가 묘하다.

그것은 그의 감정.

마치 직접 관찰이라도 한 듯, 너무나도 생생하고 절절한 마음이 그에게서 느껴진다.

그런 월켄의 직감은 금방 루인의 입을 통해 증명되었다.

"그래. 네 미래의 동료, 흑암의 공포가 나다."

"흑암의 공포……?"

루인의 이야기 속, 자신의 가장 절친한 동료 흑암의 공포가 이 하이베른가의 대공자라나?

월켄은 헛웃음이 일어났다.

"그럼 뭐 예언자 같은 것이 아니라 너는 미래에서 되돌아오기라도 했단 말이냐?"

"그렇다."

"미친!"

우주의 섭리를 부정하는 말.

월켄은 비록 경험이 부족했지만 그런 일은 절대로 일어날 수 없다는 것쯤은 잘 알고 있었다.

"……난 끝까지 살아남아 너희들의 영혼을 담보로 마계의 절대적인 악신과 도박을 벌였다. 마침내 그의 절대주문, 시간 회귀 술식을 얻었지. 그러나 내 경지로는 펼칠 수가 없었다. 그래서 쟈이로벨이—"

"흥! 그토록 무수한 초인들이 죽고 검성이라 불린 나마저 죽었는데 넌 무슨 수로 살아남아 도박을 했다는 거지?"

루인이 말한 자신이 이룩하게 될 경지는 상상 그 이상이었다.

그런 경지로도 상대할 수 없는 적이 존재한다는 것을 도저히 받아들일 수 없었다.

한데, 그런 자신조차 죽었고 모든 초인들도 절망으로 생을 마감했다는데 이 하이베른가의 대공자만 살아남았다는 건 말이 되지 않았다.

이어진 감정 없는 루인의 대답.

"난 죽지 않는다."

말할 수 없는 공허가 느껴지는 간결한 한마디.

모두에게 남겨진 자, 동료의 소원을 등에 이고 있는 자의 삶의 무게가 한동안 윌켄의 입을 다물게 만들었다.

"어떻게 죽지 않는 인간이……."

그 순간.

푸욱-

뭐라 말할 새도 없이 갑자기 자신의 가슴에 단검을 박아 넣은 루인이 천천히 기울어 간다.

갑작스레 일어난 참변에 윌켄이 그대로 굳어져 버렸다.

그런데.

〈이, 이런 미친놈을 보았나! 고작 옛 동료를 설득하기 위해 이 쟈이로벨의 고귀한 진마력을 소모하게 만들다니!〉

자줏빛 귀화로 너울거리는 미지의 존재.

뭐라 말로 표현할 수 없는 기괴한 표정을 하고 있는 마신 쟈이로벨, 당연히 윌켄은 그대로 굳어 버렸다.

츠츠츠츠츠-

마신의 절대적인 진마력이 세계와 어지럽게 섞이기 시작
한다.

진마력, 흑암이 너울거린다.

이어 루인의 육체로 시커먼 암흑이 스며든다.

스윽.

다시 일어나 앉은 루인은 역시 별다른 감정 없는 얼굴이었
다.

곧 그가 자신의 육체에 얽힌 흑암의 기운을 떨쳐 내더니 생
도복의 상의를 풀어 헤쳐 가슴을 드러냈다.

"난 죽지 않는다."

"……."

〈개같은 놈……!〉

지난 몇 달 동안 겨우 회복한 진마력이 모조리 털려 버리
자, 쟈이로벨은 그 분노를 여실히 느낄 수 있을 정도로 떨고
있었다.

또다시 긴 시간 동안 진마력을 회복해야 했기에 하는 수 없
이 쟈이로벨은 루인의 영혼으로 되돌아갈 수밖에 없었다.

츠츠츠츠츠-

루인의 머릿속으로 자줏빛 귀화가 모두 스며들자.

"……어째서 이런 비밀을 모두 드러내는 거지?"

혼란과 충격을 넘어선 현실.

그렇게 자신의 감정을 고스란히 드러내고 있는 월켄에게
로 루인의 음울한 목소리가 이어진다.

"청염(青炎). 악제의 권능. 그 씨앗을 지금 네가 품고 있
다."

"뭐, 뭐라고?"

루인이 말했던 청염.

악제의 군단장들에게 주어진 전율적인 권능, 그 엄청난 악
의를 자신이 품고 있다니?

말했던 대로라면 오히려 자신은 그들을 상대하는 영웅이
아니던가?

"다행히 아직 미완성의 청염이다."

"……완성되면 어떻게 되는 거지?"

루인의 섬뜩한 눈빛.

"인간으로서의 양심과 자유 의지가 사라진다. 지금도 점점
사라져 가고 있지. 그리고 결국엔—"

"……."

"영혼 귀속, 네 육체는 그의 영혼과 감정 아래 귀속된다."

월켄, 검성이 굳어졌다.

"그럼 내가……."

"그래. 육체는 남겠으나 네 정신은 이 세상에서 사라진다."

루인의 두 눈에서 처참한 증오가 흘러내렸다.

"네가 산속에서 나와 만났던 사람들. 한 명도 빠짐없이 내게 모두 말해라. 기준은 너와 한 번이라도 대화를 한 사람이다."

"너, 너무 많아."

월켄의 어깨를 잡는 루인.

"모두 기억해 내야 한다, 월켄. 그중에 반드시 악제(惡帝)가 있으니까."

월켄은 스승으로부터 독립한 지 이제 2년째였다.

천재답게 그는 꽤 많은 사람들을 기억해 냈다.

대충 추려 낸 인원은 230여 명.

하지만 월켄은 확신하지 못하는 눈치였다.

"전부 기억해 낸 것은 아닐 거다. 분명 빠진 사람이……."

세계를 멸망으로 이끌었던 악의의 씨앗, 청염이 자신에게 덧씌워진 일은 그로서도 큰 충격.

루인은 그가 기억을 더듬기 위해 얼마나 치열하게 노력했는지를 모두 지켜보았다.

"됐다. 충분해."

루인은 곧장 받아 적은 명단을 섬세하게 살피기 시작했다.

의식을 깊게 드리운다.

정보들을 체계적으로 분화한다.

의미 없이 배제하거나 허투루 솎아 내지 않는다.

끝없는 추론과 가정, 변수 검증을 통해 납득할 수 있을 때까지 결과를 반복한다.

역시 루인의 1차적인 대분류는 렌시아가의 인물들과 그 외의 사람들이었다.

월켄이 기억해 낸 230여 명 중에서 근 100여 명이 렌시아가의 직계와 방계 쪽 인물들.

그것이 가장 의미 있는 특징이었고 두 번째로 특이한 것은.

"이 렌시아가의 기사 말이지."

"……기사? 누구를 말하는 거냐?"

"듀웰로."

"아! 듀웰로!"

"그래. 그에 대해서 좀 자세히 말해 봐."

듀웰로라는 인물이 다른 모든 이들에 비해 특이한 것은 그의 출현 시기가 월켄과 똑같다는 점이었다.

루인은 이미 렌시아가의 모든 직계와 방계, 봉신가들의 가계도, 또한 기사 명부를 모두 외우고 온 상태.

한데 듀웰로라는 기사는 그런 가계도 어디에도 존재하지 않는 인물이었다.

"똑똑하고 괜찮은 사람이었다."

"더 구체적으로."

"뭐랄까. 검밖에 모르는 내게 세상을 가르쳐 주고 싶어 하는 그런 느낌이랄까? 비록 검술은 별로였지만 친한 형님으로 가까이하고 싶은 사람이었다."

"음……."

잠시 생각에 잠겨 있던 루인이 다시 입을 열었다.

"세상에 나와서 만난 사람들 중에서 너와 가장 친하다고 볼 수 있나?"

"그렇지."

그렇게 루인은 듀웰로라는 이름을 마음속에 각인했다.

렌시아가의 가계도와 기사 명부 어디에도 없다는 사실만으로도 충분히 이상했으니까.

그런데 그때.

끼이이익-

갑작스레 임시 감옥의 문이 열린다.

임시이긴 했으나 이 장소는 아버지와 데인, 그리고 루이즈만이 알고 있는 비밀 공간.

루인이 수인을 맺으며 융합 마력을 뻗었을 때 늙수그레한 목소리가 들려왔다.

"날세. 루인 대공자."

익숙한 초인의 기도.

그는 다름 아닌 루인이 가문에서 맞닥뜨렸던 소드 힐의 노인이었다.

무심한 얼굴로 수인을 회수하는 루인.

"난 이런 식의 등장을 별로 좋아하지 않아."

"이해하게. 소드 힐은 대외적으로 드러날 수 없으니."

소드 힐의 노인이 철창 안으로 들어온다.

초인은 초인을 알아보는 법.

소드 힐의 노인에게서 느껴지는 강렬한 기세에 검성 월켄은 경악하고 있었다.

"대체 어떻게 이런 투기가……!"

등줄기를 타고 오르는 전율이 끊이지가 않는다.

상상할 수 없는 투기의 밀도.

마치 하나의 검처럼 느껴지는 날카롭게 벼려진 기운.

월켄은 모든 면에서 자신보다 상위의 경지라는 것을 본능적으로 느낄 수 있었다.

아마 직접 검을 맞댄다면 일검도 견디지 못하고 패배할 것이다.

"그리 놀랄 것 없네. 나는 오히려 자네가 더 놀라우니까."

이제 고작 서른 남짓.

그런 나이에 초인이라니 왕국에 전례가 없는 일이었다.

앞으로 얼마나 발전하며 강해질지 감조차 잡을 수 없는 후배였다.

흐뭇하게 월켄을 바라보던 노인이 다시 루인을 응시한다.

"우릴 만나고 싶어 했다고 들었네."

"고개 아프니까 일단 앉아."

"그러지."

담담한 표정으로 밀짚이 깔린 바닥에 앉는 노인.

"소환 운운했던 건 사실이 아니어야만 할 것이네. 우리 은퇴자들을 끌어내기 위한 밑밥으로 믿고 있겠네."

씨익.

"아니라면?"

한숨을 내쉬는 노인.

"후…… 이미 잘 알고 있지 않은가."

이미 모든 오해가 풀린 상황에서 루인은 이들에게 별다른 감정은 없었다.

왕국의 수호자 집단이니 그 나름의 사정이 있게 마련. 루인은 굳이 따지고 싶지 않았다.

"자넨 정말 놀라운 마법을 구사하더군."

"마법에 대해서도 잘 알고 있나?"

노인이 쓰게 웃는다.

"세이지 늙은이들의 동요가 꽤 심각하네. 헤이로도스의 술식이라던가?"

시전 시간을 무시하는 염동 마법.

기사의 검을 상대하는 그 가공할 장면은 은퇴한 마법사 집단 옴니션스 세이지(Omniscience Sage)들에게도 충격이 아닐 수 없을 것이다.

"사담은 이쯤 하고 본론으로 들어가지. 우릴 만나자고 한 이유는 뭔가?"

"소드 힐이 수집하고 있는 모든 정보의 공유를 요청한다."

"정보……?"

하이베른이 렌시아가에게 열세일 수밖에 없는 가장 큰 이유는 바로 정보의 부재였다.

하이베른에는 제대로 된 정보 조직이 없었다. 반면 렌시아가는 왕국의 곳곳에 자신들의 눈을 드리우고 있었다.

"특히 렌시아가를 중심으로 일어나는 암투와 음모, 알력관계 등을 살피고 싶다. 주변 왕국의 정세나 알칸 제국에 관한 정보도 좋다."

"불가, 불가하네. 소드 힐의 정보는 외부로 반출될 수 있는 종류가 아니네."

소드 힐은 왕국의 존망을 암중으로 살피는 수호자 집단이다.

당연히 다루는 정보 역시 극히 제한적인 비밀들을 다룬다.

루인이 대공자를 그만두지 않는 이상 그는 세상과 얽혀 있는 존재.

아직은 욕망으로 살아가는 자에게 함부로 왕국의 은밀한 정보들을 쥐여 줄 순 없었다.

그것은 그가 왕족이라고 해도 마찬가지.

"거래와 협상 쪽이 편한가 보군."

"그 일은 협상의 대상이 아니네."

"데오란츠 국왕의 암살을 막을 수 있는데도?"

"구, 국왕 폐하의 암살······?"

루인이 웃었다.

"지금의 왕비께서도 대역이잖나?"

"뭣!"

르마델 왕가는 라슈티아나 왕비의 죽음은 절대로 세상에 공표할 수가 없다.

과거에도 그랬으니 별다른 이변이 없는 이상 지금도 마찬가지일 것이다.

그녀의 죽음을 외부에 알렸다간 르마델 왕국은 또 전란에 휩싸인다. 알칸 제국의 황제가 딸의 죽음을 용납할 리 없을 테니까.

공주를 지키지 못했다는 명분으로 제국이 움직인다면 남부의 열국(列國)들도 모두 동요할 것이다.

침략의 단초.

이 명분을 알칸 제국이 놓칠 리가 없었다.

"대체 그 사실을 그대가 어떻게······."

라슈티아나 왕비가 대역이라는 사실은 놀랍게도 국왕 데오란츠도 모르고 있는 비밀.

왕비와 함께 살을 부대끼며 사는 남편조차 모르는 비밀일진대 하이베른가의 대공자가 알고 있다니?

소드 힐이 뒤집어질 일이었다.

"그 대역 왕비. 그녀도 조심해야 할 거야. 조만간 자진(自

盡)할 예정이거든."

"자, 자진?"

언젠가 왕실의 연회장에 참여한 모든 귀족들이 보게 될 것이다.

위험한 난간에 목이 매달린, 대역 왕비의 처참한 죽음을.

그 일을 기점으로 이 르마델 왕국은 완벽하게 파멸의 길에 빠지게 된다.

어머니의 죽음을 눈앞에서 목격한 1왕자 아라혼은 그때부터 진정한 괴물이 될 테니까.

물론 루인은 그런 처참한 역사를 반복할 생각이 없었다.

"대의를 좇는 당신 같은 자들은 항상 간과하는 게 하나 있지. 그런 대의 앞에 모든 개인의 희생을 정당화하는 것."

"……"

"인간의 역사는 항상 그런 파멸의 쳇바퀴였지. 참 이상해. 그 역사의 잔인한 수레바퀴를 겪고도 왜 인간은 늘 같은 실수를 반복하는가."

"조, 좀 더 자세히 말해 보게!"

이렇게까지 말해 줬음에도 본인들의 잘못이 무엇인지를 파악하지 못한다.

지금 이 노인의 머릿속에는 왕국의 존망 외에 그 어떤 것도 가치가 될 순 없었다.

대역 왕비의 불행한 삶을, 그 기구한 여인의 인생을 살펴볼

측은지심조차 잊어버린 것이다.

인간의 신념이란 것은 이래서 무섭다.

왕국의 안위라는 대의, 그 뒤틀린 정의 (正義)가 저 노인의 모든 것을 병들게 한 것.

루인은 그런 노인이 측은하여 쓰게 입맛을 다셨다.

"인간에겐 견딜 수 있는 한계란 것이 있다. 그대들이 대역 왕비에게 무엇을 강요하고 있는지를 잘 생각해 봐라."

"……."

이 정도면 충분했다.

루인은 더는 꼴도 보기 싫다는 듯 노인의 시선을 외면했다.

"……국왕 폐하의 암살은 무슨 뜻인가?"

여전히 시선을 외면하고 있는 채로 차갑게 말하는 루인.

"말했다시피 거래다. 협상하기 싫다면 꺼져라."

복잡한 표정으로 고민하는 노인.

이 하이베른가의 대공자는 대역 왕비의 정체까지 알고 있다.

그런 그의 입에서 거론된 '국왕 암살'이었기에 함부로 재단할 수가 없었다.

마냥 넘길 수 없는 말.

"미치겠군."

저 아무 감정 없는 얼굴을 보아하니 애초에 자신이 어떻게 반응할지를 예상하고 있다는 표정이다.

왕국의 숨은 초인으로 살며 무수한 사람들을 만났지만, 이 하이베른가의 대공자만큼 오묘한 느낌의 존재는 한 번도 겪어 보지 못했다.

"······받아들이겠네."

루인이 당연하다는 듯이 고개를 끄덕이며 다시 노인을 향해 입을 열었다.

"아까 요구했던 정보와는 별도로, 왕실 조사관들의 명단과 신상, 그리고 그들 개개인의 성격, 인생관, 평소 행실, 재산 형성 과정, 은원 관계 등의 종합적인 정보부터 넘겨라."

"너, 너무 방대하네."

"시간이 걸려도 좋다. 임시 정원, 아니 아카데미 기숙사로 가져와."

"암살 건에 대한 정보는······."

"내게 쥐여질 정보의 질을 가늠하고 판단하겠다."

"그런 경우가 어딨단 말인가!"

꾸르르릉!

초인의 압도적인 투기가 감옥 전체에 울려 퍼진다.

그러나 루인은 눈 하나 꿈쩍하지 않았다.

"어이가 없군. 은밀함이 생명이라더니."

순간적으로 초인의 힘을 드러낼 정도로 노인은 이성을 잃고 있었다.

왕국의 수호자, 위대한 소드 힐이 고작 하이베른가의 대공자 따위에게 일방적으로 끌려다니기만 하니 열불이 터져 버린 것이다.

루인이 소드 힐의 정보를 손에 쥐고도 입을 싹 닦아 버린다면 마땅히 대응할 방법이 없는 것.

노인은 여기서 물러날 수가 없었다.

"그대도 르마델의 대귀족이다! 왕실의 안위를 살필 의무를 지닌 기사다!"

"왕실을 지켜?"

어이가 없었다.

왕국의 숨은 수호자 집단이다.

그런 자들이라면 왕실이 지난 수백 년간 하이베른가의 공작령에 무슨 짓을 해 왔는지를 모두 알고 있을 것이다.

군주와 신하 사이에 지켰어야 할 신의성실의 의무는 오래전에 무의미해졌다.

먼저 신의를 저버린 건 르마델 왕실 쪽.

"왕실이 본 가에 뭘 요구할 입장은 아닐 텐데. 저지른 일이 있는데 말이지."

잠시 동요하는 듯하다가도 소드 힐의 노인은 결코 굽히지 않았다.

"뭐라도 좋네! 제발 그 끔찍한 일을 막을 수 있게만 해 주게!"

한숨을 내쉬는 루인.

"후…… 좋아."

노인의 두 눈에 열광이 서리자 루인이 언급하기도 싫은 듯
표정을 찌푸렸다.

"국왕에게 그 추악한 짓을 그만두라고 해라."

"그, 그게 무슨……."

"알잖나? 꼭 내 입으로 이야기해야 하나?"

"아, 아니……."

극도로 당황해하고 있는 노인.

루인이 아예 되돌아 앉으며 말했다.

"아직도 국왕을 죽일 만한 사람이 누군지 모르겠나?"

"누구……?"

데오란츠 국왕의 은밀한 치부.

지금의 대역 왕비는 그의 변태적인 성욕을 온몸으로 감당
하고 있었다.

"그대는 정말 상상할 수 없는 바보로군."

"……."

"설마 국왕의 그런 고약한 취향까지 왕으로서 존중하고 추
앙하는 건 아니겠지?"

드디어 깨달은 듯 가늘게 몸을 떨고 있는 소드 힐의 노인.

"그렇다는 건 대역 왕비가……?"

루인이 어이가 없다는 듯 조소를 머금었다.

"말했잖아. 인간에게는 한계가 있다고. 막다른 길에 몰린 인간은 무엇이든 할 수 있다."

르마델 국왕을 암살하는 자는 바로 대역 왕비.

과거의 그날, 1왕자 아라혼은 아버지와 어머니 모두를 잃었다.

마침내 그의 갈 길 없는 복수심이 향한 곳은 아버지의 모든 것이었던 르마델 왕국 그 자체였다.

소드 힐의 노인이 유령처럼 사라졌다.

계획했던 일들이 어느 정도 정리가 되자 이제 루인은 아카데미에 복귀할 생각이었다.

하지만 더 이상은 아카데미에 큰 미련을 둘 필요는 없었다.

헤이로도스의 술식을 얻은 이상 독자적인 연구와 끊임없는 수련만 남은 상황.

백마법의 기반이 어느 정도 완성된 상태에서 굳이 마탑의 지혜를 갈구할 필요가 없는 것이다.

또한 대공자 신분이 드러난 이상 아카데미 생활이 불편할 게 너무 뻔하기도 했다.

그런데도 루인이 아카데미에 잠시 남고자 하는 것은 테아마라스의 유적을 탐험하는 일이 남아 있었기 때문이다.

분명 전생의 세계에서는 테아마라스의 유적이 세상에 드러난 적이 없었다.

그 일은 오랫동안 인간의 역량을 약화시켜 온 악제의 음모와 절대 무관하지 않을 것이었다.

일그러진 역사를 직감적으로 느낀 루인은 반드시 테아마라스의 유적을 살피고 싶었다.

'후······.'

내키지는 않았지만 어쨌든 기수 쟁탈전으로 자신의 역량이 온 왕국에 드러난 상황.

어찌 보면 오히려 좋았다.

원래는 적당히 간을 보며 무투대회에 임하려고 했는데 이제는 그럴 필요가 없었으니까.

자신의 마법과 무투술은 생도 단계에서 상대할 수 있는 수준이 아니었다.

이명 생도들 중에서도 포기하는 녀석들이 줄을 이을 테니 귀찮은 상황이 제법 줄어들 것이다.

이제 고려해야 할 것은 지금부터 자신에게 접근하는 자들의 면면이었다.

왕국의 부나방들은 언제나 힘과 권력을 좇는다.

왕국의 신비 하이베른가, 그것도 대공자가 이렇게 직접 왕국을 활보하고 다닌 적은 역사상 처음.

렌시아가의 음모에 의해 곤욕을 치렀거나 몰락한 귀족들은 발에 채일 정도로 많다.

하이베른가가 렌시아가를 상대해 준다면 가슴이 두근거릴 자들.

이제부터 그런 날개 찢긴 부나방들이 자신에게 수도 없이 몰려들 것이다.

그리고 그 틈에는.

'악제……'

자신에게도 악제의 욕망이 드리울 수 있다.

지금 단계의 악제는 세계의 인재를 모으며 힘을 기르고 있을 테니까.

군단장으로 키울 만한 존재들, 그 후보가 자신이 될 수도 있다는 것.

만약 그런 상황에 놓인다면 무슨 선택을 해야만 할까.

'……'

대마도사의 치밀한 자아로도 이 일에 대해서는 쉽사리 판단을 내릴 수 없었다.

가볍게 생각하면 악제의 정체를 밝힐 수 있는 절호의 기회로 보일 수 있을 것이다.

그러나 청염(靑炎)을 받아들여야만 한다.

청염은 분노의 감정을 먹고 자라난다.

악제를 향한 증오로 가득한 자신에게는 위험 부담이 너무 큰 것이다.

자칫하다간 청염을 받아들인 그 즉시 곧바로 영혼이 집어삼켜질 수도 있었다.

그런 악제의 청염을 치유할 수 있는 인간은 이 세상에서 성녀(聖女)가 유일하다.

그녀를 만나기 전엔 함부로 청염을 받아들일 수 없었다.

다소 무리를 해서라도 월켄을 가문에 가두려고 한 것도 바로 그 때문이었다.

성녀만 다시 만날 수 있다면 월켄의 청염 역시 처리할 수 있을 것이다.

하지만.

지금 이 시절의 성녀가 어디에서 무엇을 하고 있는지 자신은 아는 것이 없었다.

다른 초인들과는 달리 성녀는 한창 전쟁을 치르고 있는 인간 진영에 스스로 찾아왔다.

그리고 그녀는 아무에게도 자신의 과거에 대해서 말한 바가 없었다.

그래서 한때는 그녀를 악제의 군단장으로 의심한 적도 있었다.

성녀에 대해서 아는 것은 단 하나.

'아르디아나.'

순백의 아르디아나, 그녀의 이름 하나뿐이었다.

세상 만물을 치유하는 힘을 지닌 초인.

바라보는 것만으로도 마음이 안정되는 그녀의 성결함은 인간 진영에 절대적인 영향력을 행사했다.

그녀가 없는 전쟁 수행은 생각할 수 없을 정도로.

루인은 그런 성녀의 모든 것을 기억해 내려고 노력했다.

남부식 사투리가 깃든 공용어.

하지만 북부인의 새하얀 피부색.

불에 그을린 듯한 목덜미의 낙인.

'……낙인?'

여러 가지로 해석될 수 있다.

특정 교단의 의식의 흔적, 혹은 노예의 징표, 그것도 아니면 서부 왕국들의 잔인한 풍습의 일부.

일단 루인은 로자렐 교국과 케실리아 왕국, 그리고 서부의 몇몇 열국들을 조사 선상에 올렸다.

더 이상 추려 내려고 해도 정보가 너무 없었다. 조사 범위가 너무 광범위한 것이다.

'제길.'

아무래도 이런 일은 소드 힐보다는 까마귀들에게 더욱 어울릴 것이다.

정보를 모으고 사람을 추적하는 데 있어서 까마귀들보다 뛰어난 존재들은 없었으니까.

결국 그 더러운 놈들과 또 손을 잡아야 하는 상황.

과거, 놈들에게 당했던 것을 떠올리니 또다시 뒷골이 당겨 왔다.

이번에는 철저히 그들의 우위에 설 생각이었다.

전생의 정보를 활용한다면 교활한 까마귀들도 숨을 헐떡

이게 만들 수 있다. 그들은 어떤 자들보다 정보에 목말라한
다.

그렇게 루인이 이런저런 생각으로 골머리를 싸매고 있을
때 그의 별관으로 데인이 찾아왔다.

"형님! 큰일 났습니다!"

나타나자마자 호들갑을 떠는 데인에게로 루인의 의문이
이어졌다.

"무슨 일이길래 그러는 것이냐."

"국왕께서 저희 가문을 호출했습니다!"

"국왕……?"

순식간에 구겨진 루인의 얼굴.

설마하니 아직 기원제가 끝나지도 않은 시점에서 렌시아
가가 움직일 줄은 생각지도 못했다.

그것도 무려 데오란츠 국왕까지 직접 동원해서.

"아버지는 어디에 계시느냐?"

"벌써 방문단을 꾸리고 계십니다."

"가자."

카젠이 말끔한 대공자의 예복으로 갈아입고 나타난 루인
을 물끄러미 바라보았다.

"어서 오거라. 대공자."

"예. 아버지."

루인이 진상품을 단장하고 있는 가솔들을 바라보며 입을 열었다.

"바로 검산의 인계부터 요구할 겁니다."

"일단 조사단부터 파견하라고 시간을 끌 작정이다."

"그건 근본적인 해결책이 아닙니다."

"아무리 우리가 대공가라고 해도 달리 막을 명분이 없다. 왕법보다 우선하는 건 없지 않느냐."

"대공의 인을 제게 주십시오."

미간을 구기는 카젠.

"이참에 아예 네 녀석이 가주를 하지 그러느냐?"

"그것도 괜찮은 거 같습니다."

"……뭐라?"

카젠은 기분이 묘했다.

갑자기 태도를 바꾼 대공자가 반가우면서도 틈만 나면 사자왕의 자존감을 긁어 오는 녀석의 행동에 자꾸만 호승심이 치미는 것.

"이 아비가 그리도 미덥지 못한 것이냐?"

"사자왕의 검(劍)은 드높습니다."

"음?"

"하지만 이건 정치이지 않습니까."

자꾸만 자신을 바보 취급하는 대공자의 맹랑함에 기가 찼다. 하지만 이번만큼은 허락할 수 없었다.

"네 역량을 의심하는 것은 아니다. 하지만 상대는 데오란츠 국왕. 그는 널 상대하려 들지 않을 것이다."

"으음……."

틀린 말은 아니었다.

지금의 자신은 대마도사가 아니라 어린 소년의 몸이니까.

하지만 방법이 없지는 않았다.

루인이 조심스럽게 쟈이로벨의 눈치를 살폈다.

……개수작 부리지 마라.

역시 마신이라는 건가.

눈치 하나는 정말 귀신같다.

일단 그전에 아버지부터 단속해야 했다.

"데오란츠 국왕이 괴상한 말을 해도 당황하거나 동요하지 마십시오."

"괴상한 말? 그가 또 무슨 강짜를 부릴 것 같으냐?"

피식 웃음이 터져 나온 루인.

자신의 서찰을 보기 전까진 왕실을 향한 아버지의 충성심은 맹목적인 것이었다.

한데 지금은 말투부터 행동까지 적개심으로 가득했다.

그도 그럴 것이, 하이베른가를 약화시키기 위해 왕실이 직접 수백 년간 그런 짓을 해 온 사실을 알아 버렸으니.

"그런 게 있습니다."

그렇게 제 할 말만 하고 임시 대공저를 빠져나가 버린 루인.

카젠은 고개를 절레절레 젓고 말았다.

"아무래도 우리가 성급했던 거 같구나, 데인."

"그게 무슨 말씀이신지……."

"네 형이 저렇게 막 나가기 시작하는데 네 녀석은 걱정도 되지 않는단 말이냐?"

데인이 웃었다.

"왜 그러세요. 걱정도 하지 않으시면서."

데인이 형을 뒤쫓았다.

"좋으면 그냥 좋다고 하세요."

"시끄럽다."

사자왕은 두 아들이 떠나간 자리를 바라보며 희미하게 웃고 있었다.

루인은 담담하게 왕국의 대전을 훑고 있었다.

시야가 닿는 모든 곳에서 가공된 에메랄드들이 반짝였다.

이 화려한 에메랄드 보석들만 처분해도 왕국의 재정은 몇 년간 거뜬히 버틸 수 있을 것이다.

과연 천 년의 역사를 지닌 왕국답게 모든 것이 화려하기 짝이 없었다.

폐허가 아닌 르마델 왕국의 멀쩡한 면모를 살피는 건 이번이 처음.

알칸 제국만 아니었다면, 르마델은 일찍이 북부의 왕국들을 통합하고 제국으로 나아갈 수 있는 충분한 역량을 지닌 국가였다.

'저자가……'

루인은 청록빛 기다란 가운(Gown)을 늘어뜨린 채 고아하게 입장하고 있는 데오란츠 국왕을 바라보고 있었다.

과연 국왕은 국왕이었다.

세상의 중심은 이곳이라고 말하는 듯한 추상같은 기운이 그에게서 넘실거리고 있었다.

그의 눈길이 이곳을 향하고 있다는 사실만으로 묘한 긴장감으로 힘이 들어갔다.

가히 세계를 멎게 할 만한 기백과 분위기였다.

'……'

루인은 저런 엄청난 자가 사람의 인성이 의심될 정도의 변태 성욕자라는 것이 쉽게 믿기지 않았다.

하지만 그것은 전생에서 역사적으로 드러난 사실.

"베른가의 대공, 금린사자기의 기수, 카젠이 폐하를 배알하나이다."

카젠이 국왕에게 예를 다하자, 하이베른가의 모든 기사들이 함께 몸을 숙였다.

그때.

"하이렌시아가의 대공, 왕국의 핸드, 레페이온 대공께서 입장하십니다."

카젠의 눈썹이 꿈틀거렸다.

어떤 귀족도 감히 국왕 앞에서는 하이(High)로 자신을 드높일 수 없다. 한데도 저 바람잡이 놈은 감히 하이렌시아 운운한 것이다.

그러나 국왕은 아무런 반응이 없었다.

그렇다는 건 이런 상황이 이미 왕실의 일상이라는 뜻.

땅에 떨어진 왕실의 권위.

그 참담한 현실에 카젠은 자신이 얼마나 왕국의 사정에 무심했는지를 절절히 깨닫고 있었다.

대전에 입장한 레페이온은 곧장 데오란츠 국왕의 우편에 나란히 섰다.

국왕과 같은 시선으로 대신을 바라볼 수 있는 건 왕의 핸드뿐이었다.

"카젠 대공."

국왕의 부름에 그제야 카젠은 천천히 고개를 들었다.

"예. 국왕 폐하."

"렌시아가의 기사를 구금하고 있다는 것이 사실인가?"

인사치레 하나 없이 곧장 의도부터 드러내고 있는 데오란 츠 국왕의 태도에, 카젠은 말할 수 없는 이질감을 느끼고 있었다.

"사실이옵니다."

데오란츠 국왕이 무료한 표정으로 다시 입을 열었다.

"베른가는 렌시아가의 기사를 석방하라."

카젠의 눈빛이 불꽃처럼 이글거린다.

하이베른가의 사정을 묻는 과정조차 없다. 왕실 조사관을 받아들이라는 것도 아니었다.

대공가의 체면과 위상을 전혀 고려하지 않는 왕의 즉각적 인 요구.

마치 일개 기사를 다루는 듯한 왕의 행동이었다.

금린사자기를 쥔 카젠의 손이 떨리고 있었다.

"그는 기원제의 행사에 참여한 시민들을 무참하게 살해하 려고 했던 르마델의 죄인입니다."

데오란츠 국왕이 청룡의 상징, 왕의 셉터(Sceptre)를 바닥 에 내리찍는다.

"그가 알칸 제국의 기사라고 들었다. 그러므로 르마델의 왕법으로 그를 구금할 수 없다. 또한—"

"……."

"짐의 영토 안에서 그에게 왕법을 묻지 않는 치외 법권의 권리를 허락할 것이다."

카젠의 눈빛이 세차게 흔들렸다.

"아무런 공도 세우지 않은 타국의 기사에게 사면권(赦免權)을 허락하겠다는 말씀이시옵니까?"

"그렇다."

사면권은 왕이 행사할 수 있는 가장 거대한 권력.

도를 넘은 국왕의 태도에 이글거리는 카젠의 눈빛이 금방 레페이온을 향해 짓쳐 들었다.

그런데 그때.

어느덧 일어난 루인이 데오란츠 국왕을 무표정하게 바라보고 있었다.

점점 루인의 입매가 기이한 각도로 비틀리며 미소를 그려낸다.

인류 연합의 대마도사, 흑암의 공포가 사기였던 진정한 이유는 끝도 없는 부활도 전율적인 흑마법도 아니었다.

세계의 공포였던 대마도사.

그의 진정한 힘은…….

츠츠츠츠-

데오란츠 국왕의 동공에 자줏빛 귀화가 잠시 이글거리다 사라진다.

그가 갑자기 카젠을 바라보았다.

"방금 말은 취소다. 농담이었느니라, 하하하!"

응?

그의 곁에서 황당해하는 레페이온.

"아무런 공도 없는 타국의 기사인데 짐이 어찌 사면권을 허락할 수 있느냐."

"폐, 폐하?"

"베른가가 구금했다면 그에 합당한 이유가 있을 터. 핸드는 더 이상 짐을 귀찮게 하지 말고 기원제나 잘 마무리하도록 하라."

데오란츠 국왕의 갑작스러운 왕명은 하이베른의 기사들뿐만 아니라 다른 모든 이들에게도 당황스러운 것이었다.

이렇게 가볍게 이랬다저랬다 하기엔 왕의 말은 너무나 절대적이며 성결한 것.

"……."

누구보다 당황하고 있는 사람은 당연하게도 왕의 핸드 레페이온이었다.

그는 대전으로 오기 전 이미 데오란츠 국왕과 모든 협상을 끝마쳤다.

이제 저 이 빠진 사자를 징벌하는 일만 남았는데 갑자기 이게 다 무슨 소리란 말인가?

"그대는 또 무슨 말로 날 구슬릴 생각인가?"

"폐, 폐하?"

"왕명에는 번복이 없으니 그대는 가타부타 토 달 생각을 말라."

사고가 마비될 지경의 레페이온.

최근 일주일은 그야말로 최악의 나날들이었으나 적어도 오늘만큼은 아니었다.

국왕이 르마델을 대표하는 양 대공 가문 중 직접적으로 한 가문만을 두둔하게 만드는 일은 적잖은 정치적 결단을 필요로 하는 일.

당연히 레페이온은 데오란츠 국왕에게 충분한 대가를 지불한 상황이었다.

그때, 루인이 나서며 절도 있게 다시 무릎을 꿇는다.

"왕명은 절대적이며 불변하는 것. 베른가는 충심으로 왕명을 받들겠사옵니다."

르마델의 대전 안에 있는 모든 귀족들의 시선이 루인에게로 모여든다.

그만큼 하이베른가의 대공자에게서 뿜어져 나오는 고아한 기운은 모든 귀족들을 집중하게 만들었다.

잔잔하게 울려 퍼지는 듣기 좋은 목소리.

정갈한 몸짓과 과하지도 부족하지도 않은 시선 처리.

특히나 그가 시선을 잡아끄는 것은 이번 기원제에서 드러난 그의 역량 때문일 것이다.

초인(超人)을 제압하는 마법사.

그 하나만으로 하이베른가의 대공자는 왕국의 귀족들을 충격과 경악의 소용돌이로 빠지게 만들었다.

기사가 아닌 초인의 등장.

그것도 사자검가 베른의 가문에서 등장한 절대적인 마법사.

말하기를 좋아하는 자들은 벌써부터 새로운 영웅의 등장에 관한 찬미의 시들을 읊어 댔다.

물론 폐쇄적인 에어라인에서 발생한 사건이었기에 아직은 귀족들 사이의 소문이었다.

그러나 소문이란 바람보다 빠른 법.

결국은 왕국의 모든 백성들이 알게 될 것이다.

레페이온이 가장 두려워하는 것이 바로 그것이었다.

백성들이 칭송하게 될 르마델의 새로운 영웅.

그것도 신비의 하이베른가.

백성들의 지지를 한 몸에 받는 베른가의 새로운 영웅은 오히려 귀족가의 정치꾼들보다 더 상대하기 까다로웠다.

게다가 그런 영웅이 마법밖에 모르는 우직한 성향이라면 또 모르겠는데 상상할 수 없을 정도로 치밀하고 교활하다는 것이 더 큰 문제였다.

저 대공자는 자신의 음모를 오히려 역이용했다.

가문을 조종하여 파네옴 광산을 먹어 치우고 대규모 유랑민을 모조리 영지민으로 받아들였다.

거기에 하이렌시아가의 은밀한 권속이나 마찬가지였던 세헬가와 다리오네가까지 베른가의 영향력 아래 귀속시켰다.

왕국의 깃발, 금린사자기를 지닌 천년 대공가에서 저런 엄청난 괴물이 나타난 것은 재앙이었다.

레페이온이 입술을 깨물며 냉정을 되새긴다.

일단 국왕의 태도를 예측할 수 없는 상황, 더 큰 사건이 벌어지기 전에 대전회의를 해산해야 했다.

"핸드 레페이온, 또 다른 의결 사안이 없다면 이만 대전회의를 해산할 것을 제안드리옵니다."

한데, 데오란츠 국왕이 어느덧 묘하게 웃고 있었다.

"아니다. 대전에 여러 대신들이 모인 김에 그동안의 짐의 고민을 결정지어야겠군."

고민?

대체 또 무슨 말을?

또다시 당황스러워하고 있는 레페이온을 향해 데오란츠 국왕의 청천병력과도 같은 선언이 이어진다.

"나 데오란츠 소 뮬란드 르마델은 왕국의 적법한 왕으로서 온 백성들에게 엄숙히 선언한다. 1왕자 아라혼 니소 르마델에게 '청룡의 정원'의 출입 권한을 부여한다. 그에게 왕가의 신성한 이름, 뮬란드를 미들네임으로 하사할 것이다."

충격으로 굳어 버린 레페이온.

청룡의 정원은 왕의 적법한 후계자만이 출입이 가능한 정결한 곳.

또한 왕가의 상징, '뮬란드'를 미들네임으로 하사받았다는 것은 그에게 공작 이하의 작위 부여권, 즉 왕세자의 권한이 주어졌다는 의미였다.

그렇게 레페이온은 정상적인 사고를 이어 갈 수 없을 정도로 몸을 떨고 있었다.

"……."

그런 레페이온만큼이나 놀란 사람은 왕좌의 옆, 예복을 차려입고 서 있던 1왕자 아라혼이었다.

그가 멍하니 데오란츠 국왕을 바라보다가 이내 루인을 향해 시선을 옮긴다.

한쪽 무릎을 꿇은 채로 아라혼의 시선과 얽히던 루인이 묘하게 입매를 비틀었다.

그 순간 아라혼은 솟구치는 전율로 온몸에 소름이 돋았다.

그가 느낀 것은 놀람보다는 공포였다.

도대체가 이게 뭐지?

-이 녀석의 역량은 제가 만들어 줄 작정입니다.

녀석이 그 말을 한 지 이제 고작 사흘.

물론 지금까지 확인한 대공자의 역량을 의심하는 것은 아니었다.

내심 기대가 되면서도 어떻게 도와줄지 궁금하긴 했지만 이건 대체…….

아버지 데오란츠 국왕은 지금까지 단 한 번도 왕세자 책봉에 대해 이야기한 적이 없었다.

오히려 노골적으로 6왕자 케튜스 녀석만을 마음에 들어 하는 내심만 비추던 상황.

대신들과 귀족들의 여론 또한 데오란츠 국왕이 오랜 전통을 깨고 케튜스 왕자를 왕세자로 책봉할 것이라는 예상이 지배적이었다.

그런데 오늘, 모든 예상을 깨고 갑자기 자신을 왕세자로 책봉하다니?

'대체 어떻게 이런 일이 가능한 거지?'

모든 일에는 전조(前兆)가 있다.

특히나 왕국의 미래를 결정짓는 후계 구도의 정립은 모든 귀족과 대신들이 눈에 불을 켜고 살피려는 제1순위의 정보다.

이제 자신은 하이렌시아가가 6왕자 케튜스를 은밀하게 지지해 온 사실을 알고 있다.

그 말은 르마델의 귀족들 대부분이 케튜스를 지지하고 있다는 뜻.

한데 이번 일은 그런 모든 전조(前兆)를 무시하는, 그야말로 대이변과 같은 상황이었다.

아라혼이 다시 하이베른가의 대공자를 바라본다.

여전히 묘하게 웃고 있는 루인.

아버지의 이번 선언이 저 하이베른가의 대공자와 결코 무관하지 않을 거라는 사실은 분명하다.

한데 그 짧은 시간에 대체 무슨 방법으로 아버지를 움직였는지를 알 수가 없다.

그래서 전율적인 공포를 느꼈다.

저런 자와 만약 적이 되었다면?

하이렌시아가의 모든 역량을 합친 것보다 더 무서운 존재를 마주하게 될 것이다.

"가, 가, 갑자기 그게 무슨 말씀이옵니까? 왕세자 문제는 신중하셔야 하옵니다 폐하."

저 교활하고 치밀한 왕의 핸드가 노골적으로 본심을 드러내며 흔들리고 있다.

왕세자 책봉을 확정한 국왕의 결정에 반기를 든다는 것은 이 아라혼과 정적이 되겠다는 확실한 선언.

결국 아라혼은 하이베른가의 대공자, 저 루인을 확실하게 믿어 보기로 했다.

"1왕자 아라혼. 국왕 폐하의 담대한 결정에 엄숙히 따르겠나이다."

흐뭇하게 웃는 데오란츠 국왕.

"좋다. 1왕자 아라혼은 앞으로 왕세자의 본분을 다하도록 하라."

"예, 폐하."

아라혼을 향해 저런 친근한 미소라니?

게다가 아예 핸드의 말조차 무시하고 있지 않은가?

하나같이 정신을 차리지 못하는 대전의 대신들.

"폐, 폐하!"

그 순간.

데오란츠 국왕의 두 동공에서 자줏빛 귀화가 일렁이다 사라진다.

그러자 그의 분위기가 일변했다.

"짐이……."

마치 무언가에 홀린 듯한 표정, 그의 얼굴엔 당황스러운 기색이 역력했다.

"대체 이게 무슨……."

데오란츠 국왕은 도저히 이 현실을 받아들일 수 없었다.

자신의 육체인데도 어떤 통제도 하지 못했다.

그저 느낀 것은 미지의 무언가, 전율적인 존재의 지배력이었다.

그 지극했던 공포심에 결국 데오란츠 국왕은 혼절하여 쓰러졌다.

"폐하!"

"폐하!"

비명 섞인 대신들의 외침이 이어졌을 때, 레페이온 대공이 쓰러지는 데오란츠 국왕을 황급히 부축했다.

"폐, 폐회를 선언한다!"

하이베른가의 가주, 카젠 대공이 멍하니 대공자를 바라보고 있었다.

◆ ◈ ◆

어느덧 기숙사에 돌아온 루인.

-끄ㅇㅇㅇㅇ…….

연신 고통을 호소하고 있는 쟈이로벨을 향해 루인은 면박을 줬다.

"앞으로 어디 가서 마신이라고 하지 마라. 고작 그 정도로 무슨 엄살이 그렇게 심한 것이냐."

-닥쳐라 개 같은 놈!

인간의 영혼을 숙주로 삼지 않고 일시적으로 통제권을 빼앗는 영혼제압(靈魂制壓)은 마신만이 가능한 권능의 일부였다.

허나 문제점은, 진마력이 아닌 마신의 순수한 영혼력, 즉

329

신마력(神魔力)이 소모된다는 점이었다.

　이런 신마력은 그 위험한 마계에서도 오직 악신 발카시어리어스에게만 자유자재로 가능한 영역이었다.

　오직 그만이 순수한 신마력을 활용하여 마계의 위험한 존재들을 굴복시키고 있는 것이다.

　그러므로 쟈이로벨에게 있어서 신마력이란 아직 다루기 힘든, 미지의 영역에 존재하는 권능.

　당연히 이런 초보적인 신마력을 함부로 투사하는 것은 마계에 있는 본체에 심각한 내적 타격을 감수해야만 하는 일이었다.

　-아무리 나라고 해도 영혼력의 복구를 장담할 수 없다! 대체 내가 무슨 죄를 지었길래 이런 모험을 감당해야 한단 말이냐……!

　영혼이 지닌 의지는 순수하고 강력했으나 신마력은 그런 강고한 영혼을 잠시나마 잠식할 수 있는 권능을 부여한다.

　초보적인 신마력을 활용하는 일은 그 길고 긴 마신 쟈이로벨의 생애 내에서도 세 번을 넘지 않았다.

　그만큼 위험한 도박인 셈.

　절대적인 존재의 영혼력, 신마력은 어떤 수련과 노력으로도 쌓을 수 없었다.

신마력의 고하를 결정짓는 것은 오직 '존재의 격(格)'.

이번 일로 쟈이로벨은 수만 년의 생애로 쌓은 그 '격'이 현저하게 하락했다.

그럼에도 루인은 쟈이로벨에게 신경도 쓰지 않았다.

"조용해. 누군가 오고 있다."

왕국에 자신의 역량을 드러낸 이후 루인은 일정 영역을 자신의 마도(魔道)로 레어화했다.

각종 탐지 마법과 알람 마법, 그리고 미세한 융합 마력을 주변에 떨쳐 마력권을 형성한 것이다.

이제 그 어떠한 어쌔신이나 초인조차도 루인의 레어에 들키지 않고 침범할 수는 없었다.

이는 전생에서 그가 평생 해 온 습관이었다.

"애들이군."

익숙한 마나의 잔향에 피식 웃으며 안심하는 루인.

곧 반쯤 열린 문으로 시론이 빼꼼히 고개를 내밀었다.

"들어가도 되냐? 아니 됩니까……?"

"들어와."

시론을 따라 세베론과 다프네, 리리아, 루이즈 등이 차례로 루인의 기숙사 안으로 들어왔다.

친구들이 초롱초롱 반짝이는 눈빛들로 자신을 바라보고 있자 루인은 또 한 번 피식 웃어 버렸다.

"다들 많이 놀랐나 보군."

놀란 정도인가.

에기오스 학부장마저 경악하게 만든 헤이로도스 술식, 그 절대적인 역량은 충분히 예상할 수 있었다.

물론 그런 루인의 역량이 초인마저 제압하리라곤 생각지도 못했지만.

하지만 그가 이 왕국의 기사들에게 있어서 신실한 종교와 같은 하이베른가의 대공자라는 건 누구도 예상하지 못했다.

"기사 생도들이 모두 루인 님만 기다리고 있어요."

루인이 창밖을 바라본다.

웃통을 벗고 우람한 근육을 드러낸 황혼의 기사 생도들이 죄다 마법 생도의 기숙사로 몰려들어 와 있었다.

"알고 있다."

"만날 생각이야……? 아니 생각이십니까?"

루인이 계속 어색해하고 있는 시론을 바라보며 피식 웃었다.

"하던 대로 해라. 원칙적으로 아카데미에서 귀족 신분은 통용되지 않아."

"그건……."

물론 오직 실력으로만 우열을 가리는 아카데미의 특성상 그것은 원칙적이고 당연한 교칙이었다.

하지만 애초에 무용지물.

엄연히 아카데미에는 다양한 귀족가의 영향력이 미치고

있었다.

"그렇게 해."

시론이 뒷머리를 긁적였다.

"……역시 어색하겠지?"

"그래."

무심한 표정의 리리아가 말했다.

"고맙다."

흐뭇하게 웃는 루인.

"고통 속에서 많은 것을 느꼈을 테지."

죽음의 위기를 겪은 인간은 많은 것이 달라진다.

그런 달라진 감정이 리리아의 표정 속에 고스란히 드러나
있었다.

"……돈 좀 줘."

"음?"

갑자기 돈이라니.

게다가 빌려 달라는 것도 아니고 그냥 달라고?

"언니를 만나고 싶은데…… 마차로는 시간이 너무 오래 걸
린다. 공간 이동탑으로 다녀오고 싶다."

귀족들에게도 공간 이동탑의 사용료는 상당히 부담된다.

그런 공간 이동진은 엄청난 사용료 때문에 군사적인 목적
을 제외하면 사실상 평시에는 거의 활용되지 않는다.

츠츠츠츠츠-

즉시 헬라게아에서 금괴 하나를 꺼내 리리아에게 내미는 루인.

"다녀와라."

수련에 뒤처지지 않으려는 간절한 마음, 그녀의 그런 열정적인 마도를 여실히 느낄 수 있었기에 루인은 금괴가 결코 아깝지 않았다.

"저 녀석들은 어떻게 할 거야?"

세베론의 질문에 루인이 웃었다.

"좀 더."

"응?"

루인이 창틀에 기대 턱을 괴었다.

"저 녀석들의 몸이 달아오르려면 아직은 멀었지."

호기심이 동한 다프네가 물었다.

"정말 저 무식한 황혼 녀석들을 후원할 생각이에요?"

씨익.

"후원? 하이베른가가 그리 만만해 보이나?"

〈6권에서 계속〉

잇츠
마이 라이프

초촌 현대판타지 장편소설

IT'S MY LIFE

무심코 내뱉은 술주정이 현실로?
다사다난했던 1983년으로 회귀하다!

우연한 술자리에서 속마음을 털어놓은 것은,
그저 가슴속 멍울을 해소하기 위한 몸부림이었다.

"솔직히 좀 부럽더라고요.
그런 인생을 살고 싶었거든요"

대기업 마케터로 잘나갔고, 작가의 삶도 후회하지 않는다.
마흔이 넘도록 내세울 것 하나 없다는 것만 빼면.
그래서 푸념처럼 했던 말인데, 정말로 현실이 될 줄이야.
5공 시절의 따스한 봄날, 7살의 장대운이 되었다.

지금이 아니면 다시는 돌아오지 않을 기회.
제대로 폼나게 살아 보자.
이 또한 장대운, 내 인생이니까.

북두
비주얼세상

잇츠

초촌 현대판타지 장편소설

빌런스 코리아

"국민을 기만하고
자기 잇속만 챙기는 놈들의 악당이,
악당의 악당이 되고 싶습니다."

부패한 정치권을 바꾸려는 전직 국회의원.
그런 그에게 손을 내미는 남자.

"그 악당, 저도 돼 보고 싶어졌거든요.
문호 씨의 그 꿈. 저에게 파세요."

천재와 거물이 만들어 내는
한 번도 경험해 보지 못한 새로운 대한민국!

IT'S VILLAIN'S KOREA.